身代わり伯爵の冒険

清家末森

14602

角川ビーンズ文庫

身代わり伯爵の冒険

CONTENTS

リヒャルト
19歳。ミレーユの双子の兄・フレッドの親友にして副官の青年。まじめで有能だけど、若干ヘタレの気アリ。ミレーユのお守り役。

身代わり伯爵の冒険 CHARACTERS

ミレーユ

16歳。家業のパン屋を都で一番のお店にするため、日々奔走する少女。超絶味オンチな上、恋人いない歴16年。元気で短気で貧乳。

本文イラスト／ねぎしきょうこ

序章　兄からの手紙

親愛なる妹へ

やあ、ミレーユ。ひさしぶりだね。

元気かい？　と訊《き》くまでもなく、毎日元気にパン生地《きじ》を棒でぶったたいているだろうね。かわいい妹がすこやかなのは、兄のぼくにとってこのうえなく嬉《うれ》しいことだ。たとえ腕《うで》が筋肉モリモリになってしまっても、ぼくはきみを見捨てないから、安心するように。

けれどミレーユ、そんな爛漫《らんまん》なきみとは裏腹に、兄の心は沈《しず》んでいます。まるでこの世の終わりを迎《むか》えたかのような、そんな気分で日々を過ごしています。

ああ、すまない。突然《とつぜん》こんなことを言い出して、びっくりしただろうね。でもぼくには、この苦しみを打ち明けられる人がいないんだ。きみ以外に誰《だれ》ひとりとして。

同じ日にこの世に生をうけてから早十六年。ぼくもきみも、大人とよばれる年齢《ねんれい》になった。離《はな》れ離《ばな》れに暮らしていても、双子《ふたご》のきみとは通じ合っているつもりだ。きみならきっとこの苦しみをわかってくれると信じて、ぼくは思い切って打ち明ける。愚《おろ》かな兄の嘆《なげ》きを聞いてくれるかい。

ぼくはね、ミレーユ。恋《こい》をしているんだ。命をかけてもいいと心から思える、運命の女性にめぐりあってしまった。そしてその出会いを恨《うら》めしいとさえ思うほどに、彼女が愛《いと》しくてたまらない。狂《くる》おしい想《おも》いをかかえて、いまにも胸がつぶれそうになっているんだ。

ああ、きみの驚《おどろ》く顔が見えるようだな。こんな話、いままでしたことがなかったものね。

彼女と出会って、ぼくは大人になってしまったんだ。人を愛するということは痛みをともなうものなのだということを、知ってしまった。もう、なにも知らなかった子どものころには戻《もど》れない。この気持ちがわかる日がきっといつかきみにも訪《おとず》れるだろう。きみだけは何も知らないままで、ずっといてほしいけれど。

ああ、もう。混乱して、なにを書いているのかわからなくなってきた。頭がおかしくなりそうだよ。どうしたらいいんだろう。

ぼくの愛するあの人は、もうすぐ他の男と結婚《けっこん》してしまう。そしてぼくはそれを止めるだけの力を持っていない。黙《だま》って見ているしかできないんだ。

こんな運命、耐《た》えられない。彼女と結ばれないのなら、生きている意味がない。いっそ死んでしまいたい！

ぼくは神を呪《のろ》うよ。ぼくと彼女をめぐりあわせ、いたずらに引き裂《さ》いた運命の神を。

もしもこの絶望の海から救い出してくれるのならば、悪魔《あくま》に魂《たましい》を売ってもいいとさえ思う。恐《おそ》ろしいことを言っているのはわかっているよ。そして、意気地《いくじ》のない負け犬の戯言《たわごと》だということも、わかっているんだ。

ぼくはうちひしがれている。きっともう立ち直れない。そのうち、ほんとうに狂ってしまうかもしれない。でも、心のどこかでそれを願っている自分がいる。

愛する妹よ、ぼくを助けてくれ。

グリンヒルデの街角で、ぼくはひとりぼっちでふるえている。きみ以外に支えとなってくれる人は、誰ひとりとしてこの世に存在していないんだ。

第一章　突然の訪問者と怒濤の幕開け

昼の三時をまわるころ。食料品の商店がたちならぶシジスモン五番街区の商店主らは、それぞれに短い憩《いこ》いのときをもうけるのを常としていた。

パン屋『オールセン』も例外ではない。客足が途切《とぎ》れたのを見計らって母ジュリアは夕食の買い出しにでかけ、パン職人の祖父ダニエルは奥で軽食をとる。

その間、ひとけのない店先を任されるのは、自他共に認める看板娘《むすめ》のミレーユである。今日もいつもと同じく店番を仰《おお》せつかった彼女は、それまでの作業をいったんやめて、届けられたばかりの郵便物を検分していた。

「――手紙かね、ミレーユ」

店とは通路でつながった作業場から、ダニエルが顔をのぞかせた。ミレーユは一瞬《いっしゅん》間をおいて、肩《かた》をすくめながらうなずく。

「うん。おじいちゃん宛《あ》てにピエールさんから。それと、ママ宛てにシェリーおばさんから」

「ほかは？」

「それだけよ」

ダニエルは軽く笑い声をあげた。

「なるほど。今日もフレッドからはこなかったか。それでそんなに仏頂面《ぶっちょうづら》をしているんだね」

ずばり言い当てられてミレーユはむくれた。ふたつに分けて長く編みこんだ髪《かみ》のふさをいじりながら、ぶつぶつとこぼす。

「もう二ヶ月よ。こんなに返事がこないなんて、何やってんのかしら、あの子」

「いろいろ忙《いそが》しいんだろうさ。そう言わずに気長に待っておやり」

なだめるようにそう言うと、ダニエルは二通の手紙をうけとって奥へと入っていった。

ミレーユはひとつため息をついて、ひらいていた帳面に目線を落とした。この時間帯、店番かたわらこの帳面とにらめっこしては、ああでもないこうでもないと一人悶々《もんもん》と策を練るのが彼女の日課なのである。

「――ねえ、もう四時の鐘《かね》は鳴った⁉」

庶民《しょみん》の娘に似つかわしくない、こじゃれたペンを走らせていると、奥から今度はジュリアの声が飛んできた。

半端《はんぱ》もののパンをくわえ、まくっていた袖口《そでぐち》を手早く直しながら出てきた母に、ミレーユは難しい顔のまま目線もあげずに答えた。

「まだ三時のが鳴ったばかりよ」

「あらそう……なに、またやってんの？」

一心不乱になにやら書きつけている娘を見て、ジュリアはあきれたような声をあげた。ひょいと手をのばして帳面をとりあげる。

「『打倒《だとう》ブランシール、サンジェルヴェ頂点への道』……。ったく、こんな色気のないことばっかり毎日毎日よくもあきずに考えられるわねぇ。そんなんじゃますます婚期《こんき》が遠のくわよ」

「な……悪かったわね、もてなくて！」

恋人《こいびと》いない歴十六年の乙女心《おとめごころ》をぐっさりえぐられ、ミレーユはいたく傷ついた。帳面を取り返すと、憤然《ふんぜん》と言い返す。

「もう、邪魔《じゃま》しないでよ。つぎの新商品の企画《きかく》でいそがしいんだから」

「新商品って……まだやるつもり？　あの絶不評だった企画……」

「あたりまえでしょ。ありきたりなことばっかりしてたって頂点に立てるわけないじゃない。斬新《ざんしん》なものをどんどん出して、あたしたちがシジスモンにあらたな時代をつくるのよ！」

ミレーユは拳を固め、熱く言い放った。なにしろ家業の存続の危機、ひいては明日の食糧《しょくりょう》事情をも左右する大問題なのである。

五番街区の入り口にあたらしく出来たパン屋『ブランシール』は、こざっぱりとした店構えと隣国《りんごく》シアランで修業したという主人が焼く異国風のパンが売りで、ものめずらしさもあってか大層な盛況《せいきょう》だときく。

開店当初は気のないふりをしていたミレーユだったが、友人からその情報をきくといてもたってもいられず、こっそり敵情視察におもむいた。そして噂《うわさ》にたがわぬ繁盛《はんじょう》ぶりを目にし、その場で固く誓《ちか》いをたてた。

（なぁぁにがブランシールよ、気取った名前つけちゃってさ。あんないけ好かない店に負けるもんですか。シジスモン一のパン屋は我が『オールセン』だってこと、目にもの見せてやるわ！）

負けず嫌《ぎら》いの性格に火をつけられたあの日から約半年。年頃《としごろ》の娘らしさも結婚願望もかなぐり捨て、売り上げ向上と話題性をもとめて新作パンの試作と宣伝に奔走《ほんそう》し、どうにも目立たない店を改装するべく資金《しきん》繰りのため日々小銭《こぜに》貯金にはげんできたというのに……。

「べつに今のままでいいと思うけど。売り上げは大して変わってないんだし」

興味なしという顔でぼやくジュリアに、ミレーユは深々とため息をついた。

まったく嘆《なげ》かわしい。文化と芸術がつどう都サンジェルヴェにあり、商業激戦区でも知られるシジスモンで五代続いた老舗《しにせ》『オールセン』。その次代を担《にな》う職人とは思えない発言だ。

「いい、ママ。これは職人として、そして商人としての矜持《きょうじ》の問題なの。このシジスモンで一番のパン屋になるってことは、すなわちサンジェルヴェ一のパン屋になるってことよ。すばらしいことじゃない。そうなったらきっと、遠くからわざわざうちのパンを買いにくるようなお客さんだって出てくるわ。職人冥利《みょうり》につきると思わない？　おじいちゃんとママが本気になればそれも夢じゃないっていうのに。まったく、どうしてそう欲がないのよ。ふたりがそんなだから、あたしの商才も宝のもちぐされじゃないの」

「商才……って……」

「うちを頂点に押し上げるためなら、あたしはどんな努力も惜《お》しまないわよ。夕食抜《ぬ》きにも耐《た》えてみせるし、ルミナール通りで試作品の宣伝でも呼び込みでも何だってやってやるわ。——ほら、見てよ。つぎはちょっと趣向《しゅこう》を変えて、野菜スープ入りのパンを作ってみようかと思うの。これだったらいちいちスープを作る必要もないし、手軽に食事を済ませられるでしょ。とりあえず最初は蕪《かぶ》あたりで試《ため》してみようかと思うんだけど、どう？」

大まじめな顔で企画書《きかくしょ》を見せる娘に、今度はジュリアがやれやれといった表情でこめかみを押さえた。

家業を盛りたてるのに熱心なのは喜ばしいことだが、そのやる気がちがう方向へ向いているうえに空回り気味なのが惜しまれる。しかも最初に蕪をもってくるあたり、センスのなさは否《いな》めない。

「……気の済むまでやんなさい。ただし、おじいちゃんの邪魔はしないようにね。それと、試作品を配るときは、最低でも人間が食べられるものを作りなさいよ」

「失礼ねえ、わかってるわよ」

ミレーユはむっとして答えた。その表情から察するに、岩のような硬度《こうど》だったり匂《にお》いを嗅《か》いだとたん涙《なみだ》が滝《たき》のように流れ出たりする殺人的な代物《しろもの》を作りだしてきた過去は、あまり自覚していないらしい。

　と、ジュリアが、はたと我に返ったようにまばたきした。

「いけない、しゃべってるひまないんだった。四時からまた配達あるのよ」

「あ、あたしが行く！　どこ？」

　ミレーユは即座《そくざ》に帳面を閉じると、きらりと瞳《ひとみ》を光らせた。ジュリアのつくるジャムはこの界隈《かいわい》では評判だ。本人いわく趣味《しゅみ》の延長のようなものだから特に宣伝して売っているわけではないが、人づてに噂が広まって今ではシジスモン中から注文がくる。おかげでミレーユの午前中の時間はほとんどが配達に費やされることになるのだが、これも売り上げ向上のため、頂点への道だと思えば、小指の先っぽほども苦にはならない。

「ええっと、十二番街の……。ああ、ここなら前にも行ったことあるし、今から出れば余裕《よゆう》で四時に間に合うわね。これはあたしに任せて、ママはゆっくり買い物してきたらいいわ」

　すばやく注文書の束をめくるミレーユの頭を、ジュリアはぽんとはたいた。

「年寄りあつかいすんじゃないの。あんたは店番。たのんだわよ」

「むぐ」

　ついでにかじりかけのパンを娘の口に突《つ》っ込んでやり、さっさと店の扉《とびら》を開ける。出て行こうとして思い出したように振《ふ》り返った。

「そうだ、おじいちゃんにお客さんがくるかもしれないんだって。奥でやすんでるから、来たら知らせてあげて」

「……む……いってらっしゃい」

娘の言葉を最後まで聞くことなく、ジュリアは颯爽《さっそう》と扉をしめて行ってしまった。

母のはつらつとした後ろ姿を見送って、ミレーユは思わずため息をついた。誰に確かめずとも、人一倍働き者だということはわかっている。忙しく立ち働く母を、子どものころから毎日のように見てきたのだ。だから、欲のないその性格がもどかしい。

(もっとおいしいもの食べたり遊びにいったりすればいいのに……。それもこれも、うちがしがないパン屋だから……)

ミレーユはぐっと拳《こぶし》を握《にぎ》った。

(待っててね、ママ、おじいちゃん。あたしは絶対に『オールセン』をシジスモン一のパン屋にしてみせるわ。パパからもらったこの商才で!)

心の中でいつもの決意を熱く言い放つと、ミレーユはふたたびペンをとった。

五番街区はもちろんのこと、他の街にも同業者はたくさんいる。母と昔なじみというおじさんたちはミレーユをかわいがってくれるが、頂点にたつためには心を鬼《おに》にしなければならない。情けは無用だ。

(今のままでいいってふたりとも言ってるけど、商売をやるからには上を目指さなきゃ。シジスモンを制覇《せいは》したら、次は市内に支店を出すわ。それから国中に『オールセン』を出店して、最終的にはラグンヒルドみたいな大実業家になるのよ。それから……）

かぎりない未来を妄想《もうそう》して頰《ほお》をゆるませながら、それを書きつけようと目線を落とす。が、にぎっていたペンを見ると、急に現実にひきもどされた。

少しくすんだ深い青。金の飾《かざ》り彫《ぼ》りがほどこされたペンは、この世にふたつしかない。

もう一本の持ち主で、これをミレーユに贈《おく》ってくれたひと。彼が暮らす国では意中の相手に瞳と同じ色の物を贈る風習があるのだと、冗談《じょうだん》なのか本気なのかわからない顔でおしえてくれた――。

（……だめだ。浮《う》かれてる場合じゃないんだったわ）

ミレーユの家族は祖父と母のみである。異国の貿易商だったという父は、ミレーユがまだ母のお腹《なか》にいたときに事故で亡くなったときいている。

そしてもうひとり。母からは金茶色の髪《かみ》、亡《な》き父からは青灰色の瞳という、同じ特徴《とくちょう》を受け継《つ》いだ双子《ふたご》の兄がいる。

名をフレデリックという彼は、六歳の時に隣国アルテマリスのとある名士の養子になった。

といってもそこで兄妹の縁《えん》は断絶したわけではなくむしろ活発に交流していて、手紙のやりとりはずっと続けているし、膨大《ぼうだい》なお土産《みやげ》とともに遊びにくることも度々《たびたび》あった。馬車で六日以上かかる距離《きょり》もあってそう頻繁《ひんぱん》に会えるわけではないが、そのぶん文通が大切な交流手段として常に役目を果たしてくれている。ぼくに手紙を書いてねと言って贈られた青いペンは、ミレーユの一番の宝物だ。

その彼が最後に手紙をくれたのは――報《むく》われない恋《こい》を嘆くあまり、神を呪《のろ》うだの悪魔《あくま》に魂《たましい》を売るだのと引き攣《つ》れた文字をつづり、狂《くる》ってしまう、助けてくれという悲痛な叫《さけ》びとともに寄《よ》越《こ》したのは二ヶ月ほど前のことである。

それを読んだときのショックは大変なものだった。頭の中が真っ白になり、食事はのどを通らず、母に挙動不審《ふしん》だとはっきり指摘《してき》されたくらいだ。

動揺《どうよう》したのも無理はない。ミレーユの知る兄は、どこかのネジがゆるんでいるのではと時々心配になるほどにおそろしく楽天的な性格で、けっして弱音や愚痴《ぐち》などの類《たぐい》をこぼさない人だった。異常なくらいに自信家で陽気で、彼が落ち込んでいるところなど見たことがない。――

それなのに。

(やっぱり、養子先で苦労してるんだわ!)

最初に思ったのはそれである。

養子に行った直後に彼は髪を金色に染めた。「おとうさまが金髪《きんぱつ》だから」と説明されたとき、無理やり染めさせられたのではないかと、幼いながらに憤《いきどお》ったことをおぼえている。以来、彼の養父にはあまり良い印象を持っていないのだ。

そしていま、恋に傷ついた彼は妹であるミレーユに助けをもとめてきた。他に頼《たよ》れる人は誰《だれ》もいない、ひとりぼっちなのだと。

養子にいって十年がたつのに、彼の新しい家族は、彼の支えにはなってくれなかったのだ。

（かわいそうに――！）

いつも明るい兄を知っているだけに、余計に胸が痛んだ。いっそ迎《むか》えにいってやろうかと思ったが、そんなことをしたら祖父と母に知られてしまう。それだけは何としても避《さ》けねばならなかった。ふたりに心配かけるようなことは絶対にしない、そう兄と固く約束していたからだ。

ミレーユは迷ったすえ、手紙の件を秘すことに決めた。その代わりめずらしく弱気になっている兄にハッパをかけてやろうと思い、「そんなに好きな相手をあきらめちゃうなんて、それでも男なの？　しっかりしなさいよ」といった内容の返事をしたためて早々に送ったのだが――それきりなしのつぶてなのである。

返事がくるのにこうも時間の空くことなどこれまではなかったことだ。しかもあんな手紙をもらった後である。おかげでこの二ヶ月の間、悪いほうに想像力をたくましくしては蒼《あお》ざめてみたりうろたえたりで、少しも心の休まるときがなかった。

（ほんとに……フレッドったら、いったいどうしたんだろ……）

せめて無事であるということだけでもわかれば、すこしは安心できるのに。

そう思ったとき、店の扉が開いて入り口のベルが軽《かろ》やかに鳴った。

「あ、いらっしゃい、ませ……」

ミレーユはとっさに笑顔《えがお》を向けたが、訪《おとず》れた客を見るなり言葉は尻《しり》すぼみになった。

軽くかがむようにして入り口をくぐった長身の客は、冬物らしい重ったるい外套《がいとう》を羽織っていた。頭にはつばの広い、これまた暗い色の帽子《ぼうし》をかぶっている。春の盛りをむかえようというこの時季、花の都サンジェルヴェを歩くにしては少しばかり無粋《ぶすい》ないでたちといえた。

（旅人かしら。めずらしい……）

思わずまじまじと見つめてしまう。五番街区は宿場街から離《はな》れているから、旅人が立ち寄ることはめったにない。だから余計に異質に思えたのかもしれない。

そういえば祖父に客がくるということだったが、この人のことだろうか、と思ったとき、

「失礼——」

意外に若い声で旅人が言った。

「オールセン様のお宅は、こちらですか」

帽子をとり、軽く頭をふってこちらを見る。ミレーユはぽかんと口を開けた。

旅人は、身なりの野暮《やぼ》ったさと結びつかない、端整《たんせい》であかぬけた顔立ちをしていた。明るい綺麗《きれい》な茶色の髪は長すぎず短かすぎず、品の良い清潔感がある。鳶色《とびいろ》の瞳《ひとみ》は優《やさ》しげで、ミレーユが知る誰よりも穏《おだ》やかなまなざしをしていた。年の頃《ころ》はおそらく二十歳前後だろうが、静かで落ちついた雰囲気《ふんいき》をまとっている。

「……あの？」

ふしぎそうな顔で見つめ返され、つい見惚《みと》れてしまっていたミレーユははっと我に返った。

「ええ、そう、オールセンはうちです。どちらさまですか？」

赤面しながらいそいで答えると、彼は目元をなごませて微笑《ほほえ》んだ。

「あなたがミレーユさんですね。たしかにフレッドとそっくりだな」

声には親しみがあふれている。ミレーユが目を丸くすると、彼は礼儀《れいぎ》正しく名乗りをあげた。

「申《もう》し遅《おく》れました。ベルンハルト家の使いの者で、リヒャルト・ラドフォードといいます」

ベルンハルトといえばフレッドの養子先だ。使者だという彼の名前もアルテマリス風だし間《ま》違《ちが》いないとは思うが、その家の使いが訪ねてくるなど初めてのことである。

ミレーユはさらに驚《おどろ》きながらも不安になった。フレッドに何かよからぬことがあったのかと思ったのだ。

しかし彼が次に発した言葉は予想外のものだった。

「あなたをお迎《むか》えにまいりました。ミレーユさん」

「……あたし？」

「大変申しわけありませんが、至急アルテマリスへ来ていただきたいのです。馬車を待たせてありますから、どうぞ」

爽《さわ》やかにうながされミレーユは面食らった。

フレッドの養子先の使者がなぜ自分を迎えにくるのか。わけがわからず、思わず後退《あとずさ》る。

「あの、ちょっと待って。奥におじいちゃんがいますから、呼んで――」

「いいえ」

　思いもかけないすばやさで腕《うで》をつかまれた。ぎょっとして見上げると、リヒャルトというその青年はおだやかな口調で、しかしきっぱりと言った。

「ダニエルさんにはもうお話は通っていますから、ご心配なく」

「……」

　ミレーユは彼を見上げたまま、ごくりとつばをのんだ。

（話って……一体なんのこと……？）

　ベルンハルトの使者が、祖父に何の話をしたというのだろうか。そして自分をどこに連れて行くつもりなのか。

　──そもそも彼は、本当にベルンハルトの使者なのか？

「おじいちゃん！」

　急に怖《こわ》くなってミレーユは叫《さけ》んだ。

　店と直結した作業場にいる祖父にも、当然このやりとりは聞こえているはずだ。それなのにちらりとも気配《けはい》すらみせない。奥は奇妙《きみよう》に静まり返っている。

「おじいちゃんってば！　ねえ──」

　しかし叫びは途中《とちゆう》でとぎれた。いきなり腕を引き寄せられたのだ。

　ひっと息をのみ、ミレーユは恐怖《きようふ》にひきつって身を竦《すく》める。それを見たリヒャルトはためらいを顔にうかべたが、やがて思い切ったように片手を自分の胸元に突《つ》っ込んだ。

「……しょうがない。絶対に連れて来いと厳命《げんめい》が下っているので」

言うが早いか、ミレーユの肩《かた》をがっしりつかんで逃《に》げられないよう後ろの壁《かべ》におしつけ、取り出した小瓶《こびん》の蓋《ふた》を指ではじいて開ける。

「非礼の責めは、後でいくらでも受けますから」

そのあざやかな動きにとっさに反応できず、ミレーユはぎょっとして間近に迫《せま》った彼の顔を見上げた。鳶色の瞳がやけに真剣《しんけん》に見つめ返してきて、心臓が飛び跳《は》ねる。

「ちょっ……なにすん……」

「口、開けて」

「くち？」

思わず訊《き》き返してしまうと、リヒャルトはかすかに吐息《といき》まじりの笑みをこぼした。

「かわいい唇《くちびる》ですね」

「……は……？」

うぶな小娘《こむすめ》の平常心を吹《ふ》っ飛ばすには充分《じゅうぶん》なせりふだった。みるみる真っ赤になって硬直《こうちょく》するミレーユの口に、リヒャルトはいとも簡単に小瓶をおしあてて中身を流し込んだ。

「――――――ッ!!」

流れ込んできた甘酸《あまず》っぱい液体を反射的に飲み込んでしまい、ミレーユは悲鳴をあげて飛び上がった。

「いやあぁっ!!　なにこれっ、毒⁉　なに飲ませたのよおぉ！」

「大丈夫《だいじょうぶ》。ただの眠《ねむ》り薬です」

「眠り薬⁉」

「抜群《ばつぐん》の即効《そっこう》性が謳《うた》い文句《もんく》の、アルテマリスの魔女《まじょ》お手製のものです。副作用はないので安心してください」

「な……」

　いきなり薬を盛っておいて、その爽やかさはいったい何なのだ。

　ミレーユは呆然《ぼうぜん》とリヒャルトを見上げる。ふと、その優しげな微笑が霞《かす》んだような気がした。

（――え？　ちょっと。うそ……！）

　ぐらりと大きく視界が揺《ゆ》れる。立っていられないほどの眩暈《めまい》におそわれ、たまらずふらつく。

（即効性にもほどがあるでしょーっっ⁉）

　そう心の中で絶叫《ぜっきょう》したのを最後に、ミレーユの意識はことんと闇《やみ》の中に落ちた。


　夢の中でずっときこえていた声は、なつかしいものだったような気がする。

愛《いと》しげに名を呼び、思い出したように時おり鼻をすすっていた。ぶつぶつと愚痴《ぐち》らしきものを聞かされたような覚えもある。

あれは一体、誰だったのだろう?

ぼんやりした意識のまま、ミレーユは天井《てんじょう》へ目をむけた。そしていぶかしげに眉《まゆ》をよせた。毎晩ねている寝台《しんだい》には、あんな細かい刺繍《ししゅう》やレースをあしらった天蓋《てんがい》はついていない。そういえばなんだか周りがやけにふかふかしている。

(――えっ!?)

ミレーユは飛び起きた。その拍子《ひょうし》にすこし眩暈がしたが、それも吹き飛ぶくらいの驚愕《きょうがく》が彼女をおそった。

「なにこれ……!」

通常の五倍はあろうかという広々とした寝台の上に、ミレーユはぽつんと半身を起こしていた。しつらえられた数々の調度品も、いかにも高級そうな絨毯《じゅうたん》やカーテンも、まったく見覚えがない。まるでどこか別の世界にまぎれこんだかのようだ。

見れば、着ている寝間着《ねまき》は見たこともない絹のものである。つましいパン屋の娘《むすめ》が、よそ行きにすら持っていない絹の服を寝間着として使用するわけがない。

(一体、どうなってんの?)

半ば呆然としたまま、けだるい頭を片手で支えながらミレーユはもそもそと寝台をぬけだした。とりあえず、なんとかしてこの不可思議な状況《じょうきょう》を把握《はあく》しなくては――。

「気がつきました？」

「きゃあああッ」

急に背後で声がしてミレーユは飛び上がった。よもや寝台の後方にも部屋が続いていたとは、そしてそこに人がいようとは思ってもみなかったのだ。

「大丈夫ですかっ？」

飛び上がりついでに眩暈を起こしてよろけたところを、誰《だれ》かがあわてて支えてくれる。ミレーユはお礼を言おうと顔をあげたが、相手を見たとたん、眩暈も頭痛も吹き飛んだ。

茶色の髪《かみ》に鳶色《とびいろ》の瞳《ひとみ》のさわやかな男前が心配そうにのぞきこんでいる。店先でいきなり薬をのませてきた男――リヒャルトなんとかという人攫《ひとさら》いだ。

そう思い出した瞬間《しゅんかん》、かつて五番街区の鉄拳《てっけん》女王と呼ばれたミレーユの右手が火をふいた。

「……っの、人でなし――――っっっ!!」

ばちーん、とすさまじい音がひびきわたる。見事に平手打ちをくらったリヒャルトが、たたらを踏《ふ》んで後退った。

「あんたねえっ、ちょっと顔がいいからって、やっていいことと悪いことがあるでしょうが！　女の子に薬をのませて攫ってくるなんて、恥《は》ずかしいと思わないの!?　サイッッッテ――ねっっ!!」

顔の良し悪しはこのさい関係がないのだが、人攫いだとも知らずにときめいてしまった自分に腹がたってしょうがない。ミレーユは怒《いか》りのあまり小刻みにふるえながら彼をにらみつけた。

よほど予想外だったのか、リヒャルトは頰《ほお》をおさえたまま目を丸くして呆《ほう》けている。あどけないほどの驚《おどろ》きが浮《う》かんだその顔を見ているうち、どうしようもなく泣けてきてしまった。

「ひどいじゃない……うちに帰してよぉぉ」

「あ……、あの」

「あたしなんか娼館《しょうかん》に売ったっていい値段はつかないわよぉぉ」

「——は？」

「自分でいうのもなんだけど気は利《き》かないし口は悪いしガサツだしぃぃ。考え直したほうがいいわよおぉぉう」

おいおいと泣き伏《ふ》すミレーユに面食らったのかリヒャルトは黙《だま》り込んだが、やがてなだめるように口をひらいた。

「誤解ですよ。ここはそういう場所じゃありません」

「じゃあどういう場所よぉぉ。どこなのここはっ」

「……ベルンハルトのモーリッツ城です」

「……ベルンハルト？」

フレッドの養子先の姓《せい》が、なぜここで出てくる。

思わず泣きやんで顔をあげると、リヒャルトは少し表情をやわらげて言った。

「アルテマリスの西の国境にある公爵領《こうしゃく》ですよ。サンジェルヴェから東に馬車で一日半ほどいったところです」

「なんでそんなところにいるの。アルテマリスの娼館に売りつけるつもりなの？」

「……その、娼館ってところから離《はな》れていただきたいんですが」

「だってそうなんでしょ！　おじいちゃんに話をつけてあるんだって言ってたじゃない。お金を積んで、あたしを買ったんでしょ。売られた若い娘がどうなるかくらい、あたしだって知ってるわよっ！」

八つ当たり気味にミレーユはわめいた。この男を張《は》り倒してでも逃《に》げてやりたかったが、祖父も承知のうえで攫われてきたのなら自分には帰る場所がない。恨《うら》めしいというよりも腹立たしい気持ちのほうがはるかに強かった。

「うちがそんなにお金に困ってただなんて……。でもだからってフッー大事な看板娘を売っぱらったりする⁉　信っじらんない！　これからだれが店番するのよあの店！」

「…………いや、あのですね」

「いいわよもう、わかったわよ。やればいいんでしょやれば！　けどねえ、言っときますけど、あたしまるきり何の経験もありませんからね。自慢《じまん》じゃないけどひたすら健全で清く正しい身《から》体《だ》なんだから。商品として店に出したいんだったら、責任もって業務指導してよね！」

半ばやけくそでかなり恥ずかしいことを口走るミレーユに、リヒャルトは圧倒《あっとう》されたように絶句した。すでに微笑《びしょう》はひきつり、固まっている。

「いいわ。こうなったら、この世界で頂点をきわめてやる」

早くも気持ちを切りかえたミレーユが重々しく決意をのべたときだった。

廊下《ろうか》のほうからばたばたとさわがしい足音が聞こえてきたと思ったら、いきなり勢いよく扉《とびら》がひらいて誰かが飛び込んできた。

「ミレーユ！」

なれなれしく名を呼ばれ、その尋常《じんじょう》でない声音《こわね》にもぎょっとして、ミレーユは彼を見た。そして、奇妙《きみょう》な感覚をおぼえて当惑《とうわく》した。

（――あれ？　この人、どこかで……）

三十をすこし過ぎたくらいの年頃《としごろ》の男性だった。よく言えば繊細《せんさい》な、悪く言うと少し神経質そうな顔立ちの紳士《しんし》。見るからに裕福《ゆうふく》な育ちをしたであろうと思える身なりと雰囲気《ふんいき》をしている。下町生まれのミレーユとは縁《えん》のない人種のはずだが、なぜか記憶《きおく》の底にひっかかるものがあった。

走ってきたのか息を切らし、頬をうっすら赤らめて立ちすくんでいる彼は、たじろぐミレーユをじっと凝視《ぎょうし》している。が、やがて感極《きわ》まったように涙目《なみだめ》になるといきなり抱《だ》きついてきた。

「ミレーユ！」

「きゃあああッ！　なにっ、だれよあんたっ、人攫いの親玉!?」

「お父さんだよ、ミレーユ!!」

「…………はい？」

ミレーユは目をぱちくりさせると、初対面の若い娘に抱きついて涙にむせぶ男をしげしげと見つめた。


リゼランド王国とアルテマリス王国に隣接《りんせつ》する、シアラン公国。

父はその国の貿易商の四男坊《よんなんぼう》で、仕事でサンジェルヴェを訪《おとず》れた際、母ジュリアと劇的に出会って恋《こい》におちた。運悪く海難事故にまきこまれて亡《な》くなったとき、まだ十九か二十歳《はたち》くらいの若さだったという。ミレーユとフレッドが生まれる半年前のことだ。

とすると、目の前で鼻をぐすぐすいわせているこの男は、一体何者なのだろうか。

「だから、きみの父親なんだよ。正真正銘《しょうしんしょうめい》、きみとフレッドの父親だ」

うるんだ瞳でうったえる男に困惑《こんわく》して、ミレーユは黙り込んでいた。

うさんくさいという思いはぬぐいきれない。けれどもたしかに、初対面のはずの彼になぜか見覚えがあるのだ。

金の髪に青灰色《せいかい》の瞳の彼は、まるで大人になったフレッドが現れたのかと思ったほどに雰囲気も顔立ちもよく似ている。

(それに……)

家の物置の奥で紙と布に幾重《いくえ》にもくるまれていた肖像画《しょうぞうが》――。

子どもの頃《ころ》、フレッドとふたりで見つけたそれには、金髪《きんぱつ》で青灰色の瞳をした青年が描《えが》かれていた。ずっと昔に亡くなった父が結婚《けっこん》前の母に贈《おく》ったものだと、こっそり祖父が教えてくれたことがある。その肖像画の父と目の前の紳士は、怖《こわ》いくらいにそっくりなのだ。

しかし急に「お父さんだよ」などと言われてもすぐに信じられるわけがない。十六年間ずっと、死んだときかされてきたのだから。

「……あたしとフレッドのパパは、エドワード・ソールフィールズってひとよ。シアラン人で……あたしたちが生まれる前に死んだってママは言ってたわ」

ミレーユがそう言うと、男の目にさらに涙がもりあがった。

「ジュリアはきみにそう話していたんだね。すまなかったね、ミレーユ。私が嘘《うそ》をついたばっかりに、きみを複雑な立場にさせてしまった」

「嘘……って、どういうこと?」

「すべてを話すよ、ミレーユ」

三十すぎの男盛《おとこざか》りでそこその美男だというのに、彼はさっきから泣きっぱなしである。涙もろい人らしい。

「私のほんとうの名はエドゥアルトというんだ。生まれもそだちも生粋《きっすい》のアルテマリス人で、今はベルンハルト公爵と呼ばれている」

「公爵⁉」

思わず声が裏返る。貴族の中でも最上の爵位《しゃくい》だ。しかもよほどのことがないかぎり王族出身者以外には与《あた》えられないと聞く。

エドゥアルトという涙もろい紳士は軽く頭をふった。

「私自身は大した才もない平凡《へいぼん》な男だよ。ただ、運良くというか、アルテマリス国王家の血をひいているから、身分や暮らしぶりには恵《めぐ》まれているけれど」

(こっ……国王家の親戚《しんせき》⁉)

文句のつけようがない超《ちょう》名門ではないか。下町育ちにとってはまさに雲の上の世界だ。

「じゃあおじさんは、今の国王陛下ともお知り合いってわけ……？」

驚《おどろ》きのあまり一瞬《いっしゅん》気を失いつつ、我に返っておそるおそる言うと、エドゥアルトの瞳《ひとみ》にぶわっと涙があふれた。

「おじさんだなんて、きみにそんな他人行儀《たにんぎょうぎ》な呼び方をされるくらいなら死んだほうがましだっ！」

「あ、ご、ごめんなさい。じゃあ、えっと、エドゥアルトさん」

「パパと呼んでくれないのかい⁉」

「うっ……。わ、わかったわよ。で、どうなのよ、パパ？」

半ば脅迫《きょうはく》的な要求をのんだミレーユに満足したのか、エドゥアルトは絹のハンカチで涙をぬぐった。

「もちろん存じ上げているよ。ハインリッヒ四世国王陛下は、畏《おそ》れ多くも私の兄上であられる。母は違《ちが》うけれどね」

「国王様の弟⁉……ってことは、パパって前の王様の王子様……？」

「そうだよ。先代のルートヴィッヒ六世陛下は私の父上——きみにとってはおじいさまにあたる御方《おかた》だ」

ことなげにエドゥアルトは言ったが、聞いた方は全身から血の気が引いた。

「いや————っっっ‼」

「ミ、ミレーユ？」

「ありえない‼　いったい何をどうやったら王子様とパン屋の娘《むすめ》が恋に落ちるっていうのよ⁉　おとぎ話じゃあるまいし、そんな甘っちょろい話が現実に転がってるわけないじゃない！　ていうか、じゃああたしの商才はいったい誰《だれ》からの遺伝なわけ？　まさか、最初からそんなもの持ちあわせてなかったっていうの……⁉　いやああああ————‼」

あまりの衝撃《しょうげき》的事実にミレーユは正気を失いかけた。父の素質を受け継《つ》いでいると思っていたからこそ、なかなか芽の出ない『めざせ頂点計画』にも邁進《まいしん》してこられたというのに。

商人ではなかったどころか、一国の王子が自分の父親？——そんなばかな！

突然蒼《とつぜんあお》い顔でわめきだした娘をエドゥアルトは目を見開いて見つめていたが、やがてその表情をいとおしそうに緩《ゆる》ませた。

「……そうしていると、ジュリアによく似ているね。元気のいいところもそっくりだ」

なつかしさを帯びた声がしみじみとつぶやく。

そのまなざしにミレーユはどきりとした。知るはずのない父親の温かみと進行形の恋情《れんじょう》、その両方が彼の瞳に浮《う》かんでいたからだ。

青年のような表情で、エドゥアルトは遠い目をした。

「初めて会ったとき彼女はまだ十五歳で……私は十七だった。きみのお母さんはね、ミレーユ。美人で活発で、男たちにとても人気があったんだ。かくいう私も、はじめて会ったとき顔面にリンゴをなげつけられて、その瞬間彼女のとりこになってしまった」

「リンゴ……」

どういう出会い方をしたものか……。

「グレゴールの森を知っているかい？」

「え？　ええ、サンジェルヴェ郊外《こうがい》の別荘地《べっそうち》でしょ」

「私とジュリアはそこで出会ったんだよ」

ほんのり頬《ほお》をそめる父の心境が理解できないミレーユに、エドゥアルトはぽつりぽつりと語り始めた。

十七歳の秋。グレゴールにある別荘《べっそう》を訪れた際、たまたま近くの村で行われた収穫祭にきていたダニエルとジュリアに出会ったのがはじまりだった。

エドゥアルトはジュリアに一目惚《ひとめぼ》れし、ジュリアも彼に好意をしめしてくれた。ふたりはごく自然に親しくなり、交流を重ねていった。

だが、自分がアルテマリス国王の弟だと打ち明けることはできなかった。気軽に明かしていい身分ではないし、正体を明かすことで彼女との間に隔《へだ》たりができるのをおそれたからだ。

そこでシアランの貿易商の息子《むすこ》『エドワード・ソールフィールズ』という人間をつくりだし、ジュリアにはそう名乗っていたのである。

けれど、幸せな日々はある日突然ひきさかれた。ジュリアとの交際が母の知るところとなってしまったのだ。

そのころのエドゥアルトはすでにベルンハルト公の爵位を与えられてはいたが、兄王の子である幼い王太子に次いで、王位継承《けいしょう》権第二位という微妙《びみょう》な立場にあった。ただし、まだ若く、配偶者《はいぐうしゃ》もいないため、正式な継承権を認められていなかった。そんな息子の地位を確固たるものにするため、名門貴族の娘と縁組《えんぐ》みするのは当然だと母は考えていたようだった。

そんなときに発覚したジュリアの存在に、母は激怒《げきど》した。生まれて初めてといってもいい反《はん》抗《こう》をしたエドゥアルトに対しても怒《いか》り狂《くる》った。そしてこう言い放った。

ジュリアと別れ、自分が選んだ相手と結婚しなければ、ジュリアを殺す——と。


「……殺す……？」

ミレーユはごくりと喉《のど》を鳴らした。両親のなれそめを聞いていたはずが、なんだか物騒《ぶっそう》な話になってきている。

「母は先王陛下の第二《だいに》妃《ひ》でね。権力をふりかざすことに慣れた人だった。そして、私を王位につけることに異様なほど執着《しゅうちゃく》していた。それこそ、少し病的なくらいにね。だからすぐにわかったよ。これはただの脅《おど》しじゃない、この人は本当にやる、とね」

実際、ジュリアの家を調べて監視《かんし》させていたようだと、エドゥアルトは少し疲《つか》れたような表情でつけ加えた。

ミレーユは、一見何の悩《なや》みもなく育ったような呑気《のんき》そうなこの紳士《しんし》が、少しかわいそうになってきた。本当に父親であるなら、母を捨てた不誠実な男でもあるのに、そういうふうに思えない。励《はげ》ましたくなるような、手を差し伸《の》べてあげたくなるような雰囲気《ふんいき》があるのだ。

「えと……元気だして——」

「あのときほど、自分の生まれを呪《のろ》わしく思ったことはない！」

なぐさめようとしたとたん、エドゥアルトはいきなり天を仰《あお》いで切なげに嘆《なげ》いた。

「彼女を守るためだと自分にいいきかせて別れを告げたとき、私はようやく自分の素姓《すじょう》を明かした。ジュリアはひとことも責めずそれを受け入れたよ。お腹《なか》の中にきみとフレッドがいることを打ち明けもせずに……！──ああ、ミレーユ。権力に屈《くっ》した私を、身重の恋人《こいびと》をすてて他の女性と結婚《けっこん》した愚《おろ》かな父を、思う存分気の済むまで責めてくれ。罵《ののし》ってくれても殴《なぐ》ってくれても吊《つ》るしてくれてもかまわない！」

「ちょ、ちょっと落ち着きなさいよ、おじさ……パパ！　別に責めたりなんかしないから、続きを話してよ」

娘にしかりつけられ、暴走気味の父はごめんよ、と鼻をすする。

「……結婚はしたけれど、妻はまもなく病死してね。新たに妻を迎《むか》えろと周りからうるさく言われて、私はすっかり人生がいやになってしまったんだ。それで封印していた想いを抑《おさ》えきれなくなってジュリアに会いにサンジェルヴェへ行ったんだよ……」

別れてから六年後のことだった。

パン屋の店先をこっそりのぞいたエドゥアルトは驚愕《きょうがく》した。大人びてますます美しくなったジュリアのそばに、小さな男女の子どもがいるのを目撃《もくげき》したのだ。

もしや彼女も結婚して子を産んだのかと思うといてもたってもいられず、彼は隙《すき》を見て男の子——フレッドに接触《せっしょく》して父親のことを聞き出した。そこではじめてジュリアが自分の子を産んだことを知ったのである。

その後ジュリアと会ったエドゥアルトは己《おのれ》の身勝手さを自覚しながらも、ジュリアに対する気持ちは少しも変わっていないことを告げ、あらためて彼女に求婚《きゅうこん》した。これまでの贖罪《しょくざい》の意味もあったし、跡継《あとつ》ぎをつくるためだけの不幸な結婚をくりかえしたくないという思いも正直なところあった。だから今度こそジュリアを妻にしてふたりの子どもを育てていきたいと思ったのだが、ジュリアは頑《がん》として受け入れなかった。

エドゥアルトは、彼女と子どもたちを二度と手放したくないという一心で、跡継ぎがないと家がお取り潰《つぶ》しになると泣きつき、フレッドを引き取りたいと申し出た。そうして繋《つな》がりを持っておけば縁《えん》が切れることはないと思ったからだ。

事の次第を知ったダニエルとフレッドがひそかに協力してくれたこともあり、さんざんしぶっていたジュリアも最後には首を縦にふった。それで結局養子に出すという形で、フレッドはオールセン家を出てベルンハルト公爵《こうしゃく》家へやってきたのである——。

（……えーと……）

ミレーユはこんがらかる糸を頭の中で懸命《けんめい》に整理した。

「つまり……、養子にいったはずのフレッドは、実は死んでなかったパパに引き取られてて、あたしだけがその一切《いっさい》を知らなかったと。そういうこと？」

なんであたしだけ仲間はずれなの？　という思いで腑《ふ》に落ちない顔をしていると、ショックを受けたと思ったのかエドゥアルトが慌《あわ》てたようにつけたした。

「あっ、もちろん、きみのこともすぐに引き取るつもりだったんだよ!?　なんとかジュリアに許してもらおうと贈《おく》り物を続けたんだけど、返事もくれないし、きみに会わせてもくれないし……。やっぱり許してはもらえないのだろうか。私が愛しているのは昔も今もジュリアだけなのに、何度そう求愛しても信じてくれないんだ。ねえミレーユ、どう思う？　私はもう完全にふられてしまったのだろうか……うぅっ……」

そういえば、フレッドは里帰りのたびに大量の土産物を持参していた。あれはエドゥアルトから母への貢《みつ》ぎ物だったというわけだ。

それにしてもこの泣きっぷり、うじうじっぷりはどうも聞き覚えがある。

「全然関係ないんだけど、もしかしてあたしが寝《ね》てるとき、耳元でぐすぐす泣いてなかった？」

思い返して訊《たず》ねてみると、エドゥアルトはハンカチで目元をおさえながらうなずいた。

「いつ目が覚めるか待ち遠しくて、ずっと枕元《まくらもと》についていたんだ。寝顔《ねがお》を見ているとどうにも感情がたかぶってきてね……。あの小さかった女の子がこんなに大きくなって……。それなのに、たまたま席をはずした間に目覚めてしまうなんて、運が悪い。せっかく熱い抱擁《ほうよう》で名乗り

のだ。

分がいる。この人が父親だったのだと、そのことだけはふしぎにすんなり心の中に落ちてきた

あまりに突然《とつぜん》すぎていまいち現実感はないものの、すでにこの紳士の話を受け入れている自

「事情はわかったわ。いえ、ほんとはあんまりわかってないけど、わかったことにする」

思い出してげっそりしながらミレーユは答える。そしてひとつ息をついた。

「……いや、じゅうぶん熱かったわよ。あの抱擁」

をあげようと思っていたのに」

「でもなんであんな強引に連れてくる必要があったのよ。まさか、あたしに会いたいがために

ママの留守をねらって誘拐《ゆうかい》させたわけじゃないでしょ？　おじいちゃんも……この人も、なに

も教えてくれなかったんだけど」

脇《わき》に控《ひか》えているリヒャルトをちらりと横目で見やる。エドゥアルトは深く深く嘆息した。

「大変なことがおこってね……。一刻を争う事態だったものだから、つい手荒《てあら》な真似《まね》をさせて

しまった。すまなかったね」

「別にもういいわ。それより、何があったのよ」

「実は……フレッドのことなんだが」

「あの子がどうかしたの？」

そういえば、なぜフレッドは姿を見せないのだろう。留守にでもしているのだろうか。

今さらのように怪訝《けげん》に思うミレーユに、エドゥアルトはまたもため息をつきながら一通の手紙をさしだした。

「進退窮《きわ》まってね……なんとしてもきみに協力してほしくて……」

「え、なに。読んでもいいの？」

戸惑《とまど》いつつも手紙を開いたミレーユは、最後まで読み終わる前に目をむいた。


『お父上ならびにベルンハルト公爵家別邸《べってい》の皆々様方《みなみなさま》へ
不肖《ふしょう》ベルンハルト伯爵《はくしゃく》フレデリックは、今日を限りにその名を返上し、国を出ることを決めました。

ぼくは気づいてしまったのです。彼女が殿下《でんか》のお妃《きさき》になる前、つまり今ならまだ間に合うということに。

「しょげてる暇《ひま》あったら彼女を奪《うば》っちゃいなよ、男でしょ！」という力強い助言をくれた最愛の妹、弱気な兄を後押ししてくれたミレーユに感謝をささげつつ、ぼくはリディエンヌ嬢《じょう》とともに愛を守るため旅立ちます。

これまでの御恩《ごおん》を仇《あだ》で返すようなふるまいを、そして運命の恋《こい》のもとにすべてを殉《じゅん》じるぼくを、どうかおゆるしください。

フレデリックより』

(なに―――!?)

悪い予感は見事にあたった。

「こっ、これってつまり、いわゆる、かっ、か、かけ」

「駆《か》け落ち」

「そう、それ!」

口をはさんだリヒャルトにびしっと指をつきつけ、一転して頭をかかえる。

「ちょっと待って、まってまってまってッ。――フレッドが駆け落ち? 嘘《うそ》でしょ? まだ声変わりも終わってないのにあの子!」

「声の高さは関係ないのでは……」

「あたしのせい? あたしが焚《た》きつけたせいでその気になって駆け落ちしちゃったってこと? いやあああああ! ていうかこの『殿下』ってなに!」

取り乱すミレーユに、リヒャルトが遠慮《えんりょ》がちに教えてくれる。

「アルフレート王太子殿下のことです」

「な、なんでそんな方がフレッドの書き置きに出てくるの」

「それはですね、彼の駆け落ち相手が殿下の婚約者《こんやくしゃ》だからでして」

「…………。は?」

「つまりフレッドは、いずれ王太子妃になる予定の令嬢《れいじょう》を連れて出奔《しゅっぽん》したというわけです」

瞬間《しゅんかん》、ミレーユの思考は停止した。もう笑うしかないという表情のリヒャルトを穴が開くほどまじまじと見つめる。

──くらっと視界がゆれた。

「ああっ、ミレーユ!」

あわてふためいた声がふってくる。

「かわいそうに、こんなに蒼《あお》ざめて! リヒャルト、私の娘《むすめ》をいじめるのはやめたまえ!」

これっぽっちもいじめた覚えなどないリヒャルトは、理不尽《りふじん》なエドゥアルトの叱責《しっせき》に軽くせき払いして表情をあらためた。

「エドゥアルト様、しっかりなさってください。この件が表沙汰《おもてざた》になれば一族もろとも大逆の罪で死刑《しけい》か……よくても国外追放ですよ」

「え」

「ええっ!」

エドゥアルトは一瞬ぽかんとし、彼に支えられていたミレーユは顔面蒼白《そうはく》になった。

「そんな、どうしよう！　あ、あたしいったい、どどどうしたらっっ」

兄の恋する相手が王太子の婚約者だなんてもちろん知らなかったし、面白半分《おもしろはんぶん》に煽《あお》ったわけでもないのだが、結果として自分がフレッドを唆《そそのか》したということになるのだろうか。そのせいで、せっかく会えた父が死刑になってしまうというのか⁉

「落ち着きなさいミレーユ。そんなに慌てなくても大丈夫《だいじょうぶ》……い、いや、とにかく落ち着いて」

つられたのか急に挙動不審《ふしん》になったエドゥアルトの脇から、冷静な声があがる。

「事はまだ露見《ろけん》していません。今なら何とかごまかすことはできます」

「……ごまかす？」

リヒャルトは大まじめにうなずく。

「フレッドたちの行方《ゆくえ》はすでに捜索《そうさく》隊を派遣《はけん》して探《さぐ》らせています。一ヶ月後の婚約披露宴《ひろうえん》までに見つけ出せれば問題はありません」

「で、でも、見つからなかったらどうするの？――まさかっ、あたしが代わりに王太子さまのお妃に⁉」

「なにを言う、そんなことはこの私が絶対にさせるものか！　大事な娘をあの王太子の妃にだなんてっ」

血相を変えたエドゥアルトに微苦笑《びくしょう》し、リヒャルトは少し困ったようなまなざしをミレーユに向けた。

「でも身代わりは必要なんですよ。この一件が無事に落着するまでは」

「身代わり……？」

「そう。あなたは身代わりになるんです。ベルンハルト伯爵フレデリックのね」

第二章　ニセ伯爵、王宮へ行く

その日、少し遅《おそ》めの春が芽吹《めぶ》きはじめたグリンヒルデの王宮は、とある青年貴族の噂話《うわさばなし》でもちきりだった。

「ベルンハルト伯爵が、ひさびさに出仕なさるとか」

「お怪我《けが》はもうよろしいのでしょうか。頭を打たれて、少々、記憶《きおく》があやういと聞きましたが」

「それも名誉《めいよ》の負傷でしょう。未来の王妃《おうひ》となるお方を、身を挺《てい》してお庇《かば》いになったのだから」

「さしずめ英雄《えいゆう》というところですかな。あいかわらず如才《じょさい》ないことで……」

彼らの表情には同情や気遣《きづか》いといったものはほとんど見当たらない。むきだしの好奇《こうき》とひそやかな悪意を微笑《びしょう》に変えてかわすだけである。

「そういえば、ベルンハルト伯爵とユベール侯爵令嬢《こうしゃくれいじょう》が駆け落ちなさったという噂を小耳にはさみましたが」

ひとりが思いだしたように口にすると、退屈《たいくつ》していた貴族たちはたちまち目をかがやかせた。

「そうそう、私も聞いたよ」

「しかし伯爵は本日出仕なさるのでしょう?」

「いや、駆け落ちを企《くわだ》てたものの失敗に終わって、それで仕方なく出てくるのではないか」

「あながち噂とも言いきれませんな。おふたりはずいぶん親しくしておられましたし……療養《りょうよう》というのは建前で実は手に手をとって出奔、ということも……」

「それは一大事だ。国がゆらぎますぞ」

彼らは一様に残酷《ざんこく》なほど楽しげな笑《え》みをうかべた。まるでなにか新しい遊戯《ゆうぎ》を見つけたような口ぶりで、誰《だれ》かが歌うように言い添《そ》える。

「ご本人がいらっしゃればわかることだ。伯《はく》を歓迎《かんげい》いたしましょう、みなさま」


大陸北部に位置するアルテマリス王国。

西はリゼランド王国、南はシアラン公国に接する、森林と湖沼《こしょう》の多い国である。華《はな》やかで洗練された国風のリゼランドや、海に面し水運業で発展したシアランに比べるとやや地味な感は否《いな》めないが、北部の大国として大陸じゅうにその名を馳《は》せている。

国の中央から少し西寄りに置かれた首都グリンヒルデ。石畳《いしだたみ》が縦横に走り、あちらこちらに鬱蒼《うっそう》とした小さな林が点在する古い街並みが広がる。実際グリンヒルデの歴史は古く、かつての大陸の覇者ランスロット・アスリムが侵攻する以前から開けていたというから、かれこれ七百年にはなろうか。

その間、この地の支配者はめまぐるしく変遷《へんせん》した。ランスロットの大陸統一で共通言語なるものが生まれ、人々は等しく覇王《はおう》の民《たみ》となったが、それもわずか百年ほどのこと。その後は異民族の王がたち、それを旧王家が奪《うば》い返し、またしばらくすると他国の侵攻を受けて併呑《へいどん》され、混乱の中で王侯《おうこう》ではない出自の者が玉座に就《つ》いたこともあった。

広大な国土には銀鉱《ぎんこう》が多く、また数多《あまた》の河川のおかげで肥沃《ひよく》な土地にもめぐまれている。加えて、海をへだてた東大陸と南の青大陸の列強が覇《は》を競《きそ》っていた時代、西大陸における攻守《こうしゅ》の拠点《きよてん》でもあったことから、とにかく戦《いくさ》につぐ戦を強《し》いられてきたという歴史をもつ地である。

ランスロットの末裔《まつえい》である現在のグリゼライド王家が支配者となり、グリンヒルデのシャンデルフィール城に入ったのが今から二百年ほど前のこと。現王家は例になく長命の王朝として、周辺諸国から畏敬《いけい》の念をもって認められている存在だ。

第十四代国王、今上ハインリッヒ四世は若くして王位に就き、先代から継《つ》いだ平和と豊かさを損なわせることなく今日まで統《す》べつづけた英明の王として、国民の人気はすこぶる高い。その跡継《あとつ》ぎである王太子アルフレートもまたしかりで、間近に迫《せま》った彼の婚約披露宴の日を都中の誰もが心待ちにしている。

花嫁《はなよめ》となるのはリディエンヌ・ミシェルローズ・ド・ユベール。リゼランド王国のユベール侯爵の令嬢である。

この婚約は、実に突発的《とっぱつ》で劇的なものであった。

アルフレートは当年とって二十一歳。当然縁談《えんだん》はくさるほど持ち込まれていたが、まだ妃《きさき》を迎《むか》える気にならないの一点張りで、なみいる名家権門の姫君《ひめぎみ》たちを袖《そで》にしてきた変わり者である。のらりくらりと結婚話をかわす気まぐれな王太子に、宮廷《きゅうてい》貴族たちは頭をかかえていた。

王太子がしかるべき血筋の妃を迎え、一日も早く世継ぎをもうけて、王室の系統をゆるぎないものにすること。それがつまりは国の安寧《あんねい》につながると信じてやまない宮廷の臣たちは、切実な思いでお妃探しに躍起《やっき》になっていたが、あるとき、隣国《りんごく》リゼランドに良き候補がいるという話を聞いてとびついた。サンジェルヴェに住むというその令嬢のため、リゼランドとの国境にあるベルンハルトのモーリッツ城で夜会を開き、アルフレートと引き合わせることにしたのである。

ところが宴《うたげ》に赴《おもむ》いたアルフレートは、本命と目されていた令嬢ではなく、同じく招かれていたリゼランド貴族の令嬢たちの中からリディエンヌを選んでしまった。これが根回しをしていた一部貴族の反発を招き、宮廷に賛否両論をまきおこす騒《さわ》ぎとなってしまったのだ。

とはいえもともと本決まりだったわけでもなく、政治的な縁談だったわけでもない。リゼランド王室と縁戚《えんせき》関係にある家柄《いえがら》出身のリディエンヌは王太子妃として申し分ない姫君であるし、なにより、その気がなかった王太子がようやく心を決めたのだからと、結局はこの結婚を祝福することで宮廷内は一致《いっち》、解決を見た。

そして今から半年前、結婚準備のため彼女は王宮の東の塔《とう》へと移り住んだのだが――。


「あ――――っっ!!」

ミレーユは両耳をふさいで目をつむった。

「もう無理！　これ以上覚えらんないっ！」

「そ……そう言わずにがんばりましょうよ、もうすこし」

唐突《とうとつ》な叫《さけ》びにぎょっとしながらも、リヒャルトはあわててなだめにかかる。この七日で何度もくりかえしたせいで、もう慣れたものだ。

「これで最後ですし、確認をしておかないと。あとでチョコレートと杏《あんず》の焼き菓子《がし》をあげますから。ね？」

「いらないわよ。子どもじゃないんだから、食べ物でつらないでくれる」

ミレーユはむっつりと切って捨てた。昨日までは通用した手に乗らないのを見て、リヒャルトは困ったように口をつぐむ。

アルテマリスへ来てから八日目の朝。王宮へむかう馬車の中にミレーユはいた。もちろん、ベルンハルト伯爵として出仕するためだ。

「なんでこんなことになったのかしら……」

もう何百回目かしれないため息をこぼすと、すかさず答えが返ってきた。

「それはあなたがフレッドを励《はげ》ましたせいで、彼が駆《か》け落ちしてしまったから……」

「わかってるわよ！　思い出させないでッ」

「はあ。すみません」

八つ当たりされたというのに気を悪くするでもなく、リヒャルトはあっさり引っ込んだ。その人の良ささえも、今のミレーユにはなぐさめにならない。

ミレーユは窓に映った自分の姿をながめ、もう一度ため息をついた。

わずかに肩先《かたさき》にふれるほどの髪《かみ》は、まぶしい金色。立ち襟《えり》のシャツに優雅《ゆうが》なタイを結び、これまた襟の高いなめらかなベルベットの上着に、下はズボンと上げ底のブーツ。

憎《にく》たらしいほどフレッドにそっくりだ。そしてまたその恰好《かっこう》が似合っているのも悔《くや》しいけれど事実だった。それでも愚痴《ぐち》らずにはいられない。

（なにが悲しくて男のふりなんかしなくちゃならないのよ……。しかも貴族の息子《むすこ》として王宮にあがるなんて……）

あのとき、うっかり余計なことを手紙に書かなければ。フレッドがそれに触発《しょくはつ》されて駆け落ちすることもなく、そのせいで身代わりをつとめることもなかったのに。

だが仕方がない。あのときは兄がかわいそうで、どうにかしてなぐさめてあげたかった。その気持ちを後悔《こうかい》したところでどうにもならない。

もう引き返すわけにはいかないのだ。身代わり生活ははじまってしまったのだから。

——もともと噂《うわさ》のあったふたりが、婚約披露宴《こんやくひろうえん》直前になって同時に姿を消した。これが公になるのは非常にまずい。とりあえずフレッドだけでも所在を明らかにしておけば、駆け落ち説は立ち消える。だから、身代わりになってほしい——。

リヒャルトの申し出に、最初はさんざん渋《しぶ》ったものだった。いくら自分たちが双子《ふたご》で、フレッドは年齢《ねんれい》のわりに小柄《こがら》で華奢《きゃしゃ》だとはいっても、自分は女であちらは男だ。身長だって拳《こぶし》一個ぶんの差はあるし、声の高さも違《ちが》う。第一、貴族の世界のことなんて何ひとつ知らないのに、身代わりになんてとてもなれない……などなど、ずらりと言い連ねて断固拒否《きょひ》した。

けれど結局、父が失脚《しっきゃく》するかもしれないと聞いて放っておけるほど図太い神経を持ち合わせておらず——気がついたら今日をむかえていた。

我ながらよくやる、と思う。腰《こし》まであった長い髪にはさみを入れたのは自分だ。女にとって髪を短く切られるのは屈辱《くつじょく》といってもよく、国によっては姦淫《かんいん》を犯《おか》した者に対する公的な刑《けい》に されているくらいである。それを自ら切っただけでなく、フレッド愛用だというあやしげな染め粉で色まで変えて。

（しかもむずかしい歴史やら王宮の事情やら、毎日覚えさせられるし……）

モーリッツ城からグリンヒルデの別邸《べってい》までの道程は、ミレーユにとって苦行ともいうべき五日間だった。講師役のリヒャルトは、一日中馬車にゆられてへろへろになっているミレーユに朝から晩までみっちり講義をした。アルテマリスの歴史からはじまり、現在の宮廷の勢力図や国王の家族構成、そして王宮をさわがせた事件などなど——毎日くりかえし聞かされて、頭を使うことが苦手なミレーユは何度となく癇癪《かんしゃく》を起こしたが、そのたびにめずらしいお菓子によってなだめすかされ、なんとか今日までやってきたのだ。

ミレーユはむくれたまま窓の外の景色をながめた。さっきはつっぱねてしまったが、チョコレートも杏の焼き菓子も本当はすごく食べたい。余計な意地をはらなければよかったと、すこし後悔する。——リヒャルトにも八つ当たりして悪かったなと、ついでに反省した。

彼はなにも悪くない。ミレーユの立場からすると深々とお詫《わ》びをしなければいけないくらい、むしろ気の毒な人だといえる。

フレッドとは昔からの親友であり仕事上の副官でもあるという、エドゥアルトの信頼《しんらい》も厚い彼は、兄の駆け落ち事件を知る唯一《ゆいいつ》の部下だった。いまいち危機感の足りないエドゥアルトに代わり、事が明るみに出ないよう奔走《ほんそう》してくれているのだ。

最初のうちこそ、薬を使って誘拐《ゆうかい》したり、いきなり男になれと言い出したりする無茶苦茶《むちゃくちゃ》なやつだと思っていたが、今では結構いい人だとひそかに思っている。

「——緊張《きんちょう》してます？」

おだやかな声に心を見透《みす》かされた気がして、ミレーユは少し赤くなった。それを悟《さと》られまいとそっぽをむいたまま口を開く。

「あたりまえじゃない。庶民《しょみん》のあたしが、これから王様に会うのよ。しかもよその国の王様に」

「陛下は気さくな御方《おかた》ですから、身構えなくても大丈夫《だいじょうぶ》ですよ。むしろ……」

「身構えるなですって⁉　無茶言わないでよ、気さくったって王様には変わりないじゃないの！　あなたたちにとっては身近かもしれないけど、あたしから見たら――」

癇癪を起こしかけた口に、ぽいとなにかが放り込まれた。

ん？　とけげんな顔をしたミレーユは、それがチョコレートだと気づいて思わず頰《ほお》をおさえた。甘い香《かお》りに、ささくれだった心がたちまちとけていく。

これまで何度この手を使われたことか。黙《だま》らされるようでちょっとおもしろくないが、美味《おい》しいし幸せだし、すぐにほだされてしまう。我ながら単純だ。

(はっ。――いけない、また引っかかってしまったわ)

放り込んだ張本人がにこにこしながら眺《なが》めているのに気づいて、ミレーユはあわてて表情をひきしめた。お菓子で懐柔《かいじゅう》されている場合ではない。王宮はもうすぐそこなのだ。

ミレーユは、コホンとせき払《ばら》いして口をひらいた。

「お城にいったら、まず王様に謁見《えっけん》するのよね？」

「ええ。フレッドを呼び戻《もど》したのは陛下でいらっしゃいますから」

「ばれないかしら。王様って、フレッドをかわいがってらっしゃるんでしょ？」

自分で言いながら信じられないのだが、国王は甥《おい》にあたるフレッドがお気に入りなのだという。末の王女の近衛騎士団《このえきし》を任せているほどだから相当だ。

「ばれませんよ。見た目はそっくりなんだし、何があってもにこにこしてれば大丈夫です」

リヒャルトはあっさりうけあうが、ミレーユはそこまで開き直れない。第一、近衛騎士団の長官というのがどういう職務なのかもわからないのだ。他の部下たちに囲まれたら即座《そくざ》に別人だと見破られるのではないだろうか。

「大丈夫ですよ」

おちついた静かな声がくりかえした。戻した視線が真摯《しんし》で優《やさ》しげなまなざしとぶつかる。

「あなたのことは、俺がいつもそばで守りますから。安心してください」

ミレーユは思わず赤くなった。他意はないのだとわかってはいるが、いかんせんこういったせりふを言われ慣れていないのだ。

「あ、そう……、た、頼《たよ》りにしてるわ」

もごもごと言いながら、熱くなった頬をおさえて窓の外に視線をそらす。そして、ぎょっと目をむいた。

「なっ――なによあれ!?」

城門前にある石敷《じ》きの広場には、真紅《しんく》の絨毯《じゅうたん》が長く敷《し》かれていた。

その両側に居並ぶ男女は、数にして百と少しほどだろうか。老いも若きもそろって白い薔薇《ばら》の花を手にしている。

「あっ、いらっしゃいました！」

誰《だれ》かの叫び声に、彼らはいっせいにそちらを見た。

四頭立ての立派な馬車には、ベルンハルト公爵《こうしゃく》家の紋章《もんしょう》がくっきりと描《えが》かれている。

それをみとめた彼らはたちまちのうちに狂喜《きょうき》の歓声《かんせい》をあげた。

「きゃあああフレデリックさまー！」

「伯爵《はくしゃく》ー！　お待ちしておりましたー！」

「我らが英雄《えいゆう》！　万歳！」

「バンザーイ！」

城壁《じょうへき》にこだました歓声が地鳴りのようにうずまき、純白の花びらが舞《ま》いおどる。その渦《うず》の中へと、馬車はゆっくり近づいてきた。

「伯爵ー！　お顔を見せてくださいませー！」

女たちの黄色い声に誘《さそ》われたかのように、窓から彼らの英雄が顔をみせる。とたん、すさまじい嬌声《きょうせい》が響《ひび》きわたった。

「いやああああ!!」

「きゃあああああ!!」

「すてきぃぃぃ!!」

ベルンハルト伯爵は馬車の中で呆然《ぼうぜん》としているように見えた。その背後から、彼の副官がなにごとか助言しているようである。

やがて伯爵はおずおずと遠慮《えんりょ》がちに手をふりはじめた。ひきつった笑顔《えがお》といい、以前の彼の優雅《ゆうが》さからはほど遠かったが、それでも人々は一気に色めきたった。

「お手をふってくださったわ！　きっとわたくしの声が届いたのね！」

「団長ー！　俺たち一生ついていくっス！」

「なんだか戸惑《とまど》っていらっしゃるみたい。おいたわしい……でもすてき！」

「団長ー！　愛してまーす！」

「あとでお話をきかせてくださいませー」

「うおおおお団長バンザーイ!!」

熱狂的《ねっきょうてき》な喧騒《けんそう》の中、うるわしの貴公子をのせた馬車は城門をくぐり、彼らの前からしだいに遠ざかっていった。

「なんだったの今の!!」

ひくひくと頰をひきつらせて叫んだミレーユに、いまだ遠くから聞こえる狂騒《きょうそう》に耳をかたむけていたリヒャルトは苦笑《くしょう》まじりに答えた。

「なんというか……フレッドの親衛隊みたいなものかな」

「親衛隊!?」

ミレーユはあんぐりと口をあけた。

「ええ。あ、もちろん私設のですよ」

「私設だろうが公設だろうがどっちだっていいわよ。問題はなんでそんなものがフレッドについてるかってことよ！」

壮麗《そうれい》な王城の前で待ち構えていた一団にミレーユは度胆《どぎも》をぬかれた。いっせいに白い花びらをまきちらしながら馬車に群がってくるので、なにかの祭りに巻き込まれたのかと思っていたら、あなたを歓迎《かんげい》している人たちだから手をふってあげてくださいなどとリヒャルトが言い出す。言われるままに手をふったものの、妙《みょう》な汗《あせ》が浮《う》き出てきて仕方がなかった。

城の女官らしい若い女の子たちや、派手なドレスの貴婦人方、美々しい外見の少年たち——。まあそこまではわかるのだが、やけに暑苦しいむくつけき男たちの集団がいたのは何だったのだろう。

「もともと人気があったけど、あの事件のあとだから特に……」

リヒャルトは窓の外に視線を転じて言葉を切った。いくらかあらたまった表情を見て、ミレーユも彼の視線の先を追う。

遅《おそ》い春の色彩《しきさい》のなかで、そこだけがぽっかりと黒い灰に染まっていた。すすけた石壁《いしかべ》の塔《とう》は半ばほどから崩《くず》れ落ち、無残な姿を陽光にさらしている。

「……あれが、例の東の塔です」

低めた声にふさわしく、その光景は陰鬱《いんうつ》なものだった。ミレーユはごくりとつばをのみ、城壁のむこうに見え隠《かく》れするそれを食い入るように見つめた。

「二ヶ月前、不審火《ふしんび》が出て焼け落ちた。逃《に》げ遅《おく》れたリディエンヌ様を助けるため、フレッドは中に飛び込んで——」

「それで怪我《けが》をして療養《りょうよう》してたんだったわよね……」

話は聞かされていたが、実際にその現場を目にすると、やはりぞっとする。

今から約二ヶ月前、この王城で事件が起こった。リディエンヌが住む東の塔から突如《とつじょ》として火の手があがったのである。

当日、王宮では夜を徹《てっ》しての舞踏会《ぶとうかい》が開かれ、国内の主だった貴族が城につめかけていた。火災が発生したのは、気分がすぐれないといってリディエンヌが部屋へ戻ってからしばらく経《た》ったころだったという。

東の塔に駆《か》けつけたフレッドは、リディエンヌがまだ中にいると知るや単身炎《ほのお》の中に飛び込

喪失《そうしつ》状態に陥《おちい》ってしまった。そのため職務を免除《めんじょ》され、療養生活を送っていたのだ。

この一件は王宮に大きな動揺《どうよう》をもたらし、フレッドは苦しい立場に立たされた。彼はアルフレートからリディエンヌの身辺警護を一任されていたのだ。それでいて火事を出したのは明らかな失態である。

フレッドは麾下《きか》の精鋭《せいえい》を配置して彼女の不安をとりのぞこうと日々積極的につとめており、その真摯な姿勢にはリディエンヌも深く信頼《しんらい》を寄せていた。ふたりの親しさは度を超《こ》しているのではないかと噂《うわさ》になるほどの綿密ぶりであったから、警護に不備があったとはとても思えない。それにもかかわらず不審火が出たことを人々はあれこれと好き勝手に詮索《せんさく》し合い、フレッドの去就《きょしゅう》に注目した。

だが事態は思わぬ方向へと進んだ。彼はすべての責を負って自ら謹慎《きんしん》を申し出たのである。公爵令息であり国王の秘蔵っ子ともいうべき彼が、よそに責任転嫁《てんか》をしたり権力を笠《かさ》に着て言い逃《のが》れをしたりなどの見苦しい真似《まね》を一切《いっさい》せず、潔《いさぎよ》く罰《ばつ》を受けると申し出たことを、人々は意外な思いで受け止めた。普段《ふだん》はどちらかというと軽薄《けいはく》な言動が目立っていたからなおさらである。その気があれば、父の威光《いこう》や国王の寵《ちょう》を盾《たて》にいくらでも逃げる道はあったのに、それをしなかったのだ。これは宮廷《きゅうてい》の人々にとって新鮮《しんせん》な驚《おどろ》きであった。

その日を境にベルンハルト伯爵の評価は急上昇《じょうしょう》した。もちろん失態は取り消せないが、ただひとり炎に飛び込んでいった勇敢《ゆうかん》さは感動を呼び、彼に熱をあげる若い女官が続出したという。

「あれ以来フレッドの人気はすさまじいですよ。さっきの歓迎ぶりを見てもわかるでしょう。皆《みな》、英雄の復帰を心待ちにしていましたから」

「……その英雄が王太子妃《ひ》と駆け落ちしたなんて知ったら、あの人たちどうするかしらね……」

「案外、もっと親衛隊がふえるかもしれない」

みなさん暇《ひま》をもてあましていらっしゃるから、とさして皮肉にも聞こえない口調でリヒャルトは笑う。

たしかにミレーユもフレッドが己の危険を顧《かえり》みず炎の中に飛び込んだと聞いたときは仰天《ぎょうてん》したし、それほどまでに彼女を愛していたのかと、王太子の婚約者《こんやく》をさらうという暴挙に出た兄に感動をおぼえてしまったほどだった。その行動を支持する者の気持ちはよくわかる。

彼ら親衛隊が信奉《しんぽう》するフレッドは、療養先であるモーリッツ城から十日あまり前に姿を消したという。火事のあと実家に戻っていたリディエンヌ嬢《じょう》もほぼ同じころに失踪《しっそう》しており、あとには置き手紙だけが残されていたそうだ。

（それにしても……）

ミレーユは首をひねった。女の子も好きだが何より自分が一番好きと言ってはばからない、重度の自己陶酔症《とうすいしょう》だった兄をそこまで恋狂《こいぐる》いさせたリディエンヌ嬢とは、いったいどういう人物なのだろうか。

「ね、どんな方なの、リディエンヌさまって。美人？」

「そうですね……まあ、きれいな方ですよ。王太子殿下《でんか》がぜひにと請《こ》われたくらいですし」

ぼんやりと思い出すようにリヒャルトはあごをなでた。

「そういえば、ちょっとめずらしい外見をしていらっしゃいましたね。白金色というのかな、銀に近い金髪《きんぱつ》で、瞳《ひとみ》は紫《むらさき》で……顔立ちもどことなくサヴィアーナっぽいというか」

アルテマリスよりさらに北方にある小国サヴィアーの女性は、色白で目鼻立ちの整った容貌《ようぼう》と銀糸のようになめらかな髪《かみ》、そして小柄《こがら》な体軀《たいく》を民族的特徴《とくちょう》として持ち、その美しさは雪の妖精《ようせい》と称賛《しょうさん》されるほど他国にも有名である。大陸一の美女の産地とまで言われているくらいだ。

「めちゃくちゃ美人なんじゃない！　フレッドってば面食いだったのね……」

あきれ半分につぶやいたとき、ゆるやかに馬車が止まった。

一瞬《いっしゅん》外に目をやったリヒャルトが、まじめな顔をしてふりかえる。

「いいですか。今からあなたはミレーユ・オールセンじゃない。ベルンハルト伯爵《はくしゃく》フレデリックです。俺もここでは絶対にあなたの本名を口にしませんから、そのつもりで」

「う、うん」

いよいよ王宮に乗り込むのだ。あらためて緊張《きんちょう》がこみあげ、顔がこわばる。

「とにかく笑顔でいてくれれば何とかなります。もし不愉快《ふゆかい》な思いをすることがあっても我慢《がまん》してください。またあとで俺に当たっていいですから」

緊張は一瞬で霧散《むさん》した。ミレーユは、むぅと眉《まゆ》をよせた。

「また、ってなによ。あたしがいつも八つ当たりしてるみたいじゃないの」

「あ……、いえ……」

上官代理の不興《ふきょう》を知ってリヒャルトは口ごもったが、やがて困ったように微笑《びしょう》して、そろそろ行きましょうかとさりげなく話をそらした。


「やあ、ベルンハルト伯爵《はくしゃく》。おひさしぶり。お身体はもうよろしいのかな？」

「皆心配していましたよ。お元気になられたようで、良かった」

「病《や》み上がりなのですから、あまりご無理をなさいませんように」

馬車を降りて目的地に向かう道すがら、ベルンハルト伯爵は数え切れない『歓迎』を受けた。紳士《しんし》たちのだれもが優しく気遣《きづか》うような言葉をかけてくれる。おどおどしてはいけないとリヒャルトに言われていたのでそのたびに笑顔で礼を返したが、ミレーユはそのたびに妙な違和《いわ》感《かん》をおぼえた。居心地が悪いというか、なんだかすっきりしないのだ。

「それで、本当なのですか？　その、記憶《きおく》がなくなったというのは」

十何人目かの紳士からひそひそと声を落としてそう訊《き》かれたときに、ようやく気がついた。

（この人たち、フレッドを心配してるんじゃないんだ）

むしろ、極端《きょくたん》な言い方をすれば、おもしろがっている。瞳の中に好奇《こうき》の色を見つけて、ミレーユは背筋がひやりとした。

たしかに記憶を失った人間なんてめずらしいし、めったにお目にかかれないから興味があるのはわかる。ひさしぶりに出てきた話題の人物に構いたくなる気持ちも、わからないではない。

けれど。

少し注意していればすぐにわかるほど露骨《ろこつ》だった。人の不幸を己《おのれ》の愉《たの》しみにすりかえている、彼らのまなざしは。

（何……？　すごい、いやな感じ）

あんな目つきをする者はミレーユの周りには今までいなかった。免疫《めんえき》がないせいか戸惑《とまど》いが先にたち、つい黙《だま》り込んでしまうと、リヒャルトが軽く背中を押した。

「陛下のお召《め》しがありますので、失礼いたします。また後ほど」

周囲の貴族たちににこやかに会釈《えしゃく》して、輪の中からミレーユを連れ出そうとする。が、紳士たちは聞く耳もたずといった風情《ふぜい》でそれを阻《はば》んだ。

「もうすこしいいだろう、ラドフォード卿《きょう》。われわれは皆、伯爵の復帰を心待ちにしていたのだ。お話をきくくらい許されるはずだがね」

それまでの愛想笑いはどこへやら、不機嫌《ふきげん》まるだしの顔である。

「謁見《えっけん》の後でそういう機会もまたできるでしょう。ご配慮《はいりょ》ねがいます、オルドー伯爵閣下」

リヒャルトの表情は変わらず、おだやかな笑《え》みのままだ。しかし相手はますます機嫌をそこねたようだった。一応笑みを浮かべたものの、皮肉のこもったものだとすぐにわかる。

「任務に熱心でけっこうなことだな。きみがいるとわれらはろくに伯爵に近づくこともできん。いやまったく、大した護衛官どのだ」

くすくす、と小さな笑いがさざなみのように広がる。

双方《そうほう》のやりとりの真意はつかめないまでも、いやな空気は肌《はだ》で感じるものだ。ミレーユはむっとして口を開きかけた。

「ちょっと、言いたいことあるんならはっきり——」

「あっ、あそこですわ！」

反撃《はんげき》の第一声は、けたたましい女の声にかきけされた。ふりむいたミレーユはぎょっとして思わず後退《あとずさ》った。

ドドドドド……という重低音の響《ひび》きとともに、いったいどこからわいて出たのか、ドレスの裾《すそ》をひるがえしながら妙齢《みょうれい》の乙女《おとめ》たちが大群をなして押し寄せてくる。

ミレーユはもちろんのこと、取り囲んでいた紳士たちも仰天したようだった。

「な、なにごとだ？」

「ああっ、あれは伯爵の私的親衛隊第一号、『白薔薇《ばら》乙女《おとめ》の会』の会員たちです！」

「まずい、一番強烈《きようれつ》な団体だ！　跡形《あとかた》もなくなぎ倒《たお》されるぞ！」

「あれはうちの娘《むすめ》じゃないか!?　なにをしとるんだあいつは！」

「うわあぁ逃《に》げろ――っ」

混乱する紳士たちの悲鳴が交錯《こうさく》する中、かれらを完全に無視しきった乙女たちは雄叫《おたけ》びをあげながらまっすぐミレーユに突進《とっしん》してきた。

「え、なに、なにが起こってんの？」

「脱出《だっしゅつ》します！」

リヒャルトが緊迫《きんぱく》した声で言い、おろおろしているミレーユの腕《うで》をつかむ。だが時すでに遅《おそ》く、乙女の群れは津波《つなみ》のようにふたりをのみこんだ。

「ぎゃあああああああ」

ミレーユの悲鳴ではない。乙女たちの鬨《とき》の声である。

「見つけましたわフレデリックさま！」

「お会いしたかった！　わたくしの白薔薇の君！」

「ユリアナは毎日フレデリックさまのことを考えていましたわっ」

「フレデリックさまっ、ロザリーはここですわ！　歓迎《かんげい》のくちづけを贈《おく》らせてくださいませ！」

「きゃーっ、抜《ぬ》け駆《が》けよーっ」

「わたくしも！　わたくしもお贈りしますわっ！」

「わたくしが先よ！　ええい、おどきあそばせっ」

「邪魔《じゃま》ですわっ」

逃げ遅《おく》れたあわれな紳士を三、四人ほど蹴飛《けと》ばしつつ、令嬢《れいじょう》たちの熱気はますます狂騰《きょうとう》する。その渦《うず》のなかでぐちゃぐちゃにされるうち、もはやどちらが上でどちらが下なのかさえもわからなくなってきた。

（だめ……もう、死ぬ……）

なにがなんだかわからぬまま思い出の走馬灯が回りだしそうになったときだった。

ふりみだした巻き毛や色とりどりの布地しかなかった視界に、ふいに若い男の顔がとびこんできたのだ。

蜂蜜《はちみつ》色の髪はやや乱れていたが、こちらを見つめる灰色の瞳はきらきらと輝《かがや》いている。親しみやすそうな面立《おもだ》ちからはまだ少年らしさが抜け切れていない。

（……だれ……？）

朦朧《もうろう》としながら見つめ返すと、彼はにっこり笑った。いたずらっ子のような目をしておもむろに口をひらく。

「──助けてやろうか」

「……え？」

彼はどこか得意げにもう一度笑むと、やおら頭上をふりあおいで叫《さけ》んだ。

「こいつは偽者《にせもの》だ！」

ミレーユはぎくりとして目を見開いた。だが彼は気づいた様子もなく続けて言い放つ。

「こいつは囮《おとり》だ、本物は北門から青の宮殿《きゅうでん》に向かってる！」

「なんですって？」

「あんな小さな門から？」

乙女たちが口々に言いながら顔を見合わせる。その一瞬《いっしゅん》の隙《すき》をつくかのように、ミレーユはすばやく後ろへ引き寄せられた。

「――あら？　フレデリックさま……いえ、身代わりの方がいらっしゃらないわ」

乙女たちが我に返ってふりむいたとき、彼女たちの『獲物《えもの》』はもうそこにはいなかった。


悪夢のような騒《さわ》ぎから脱出したふたりは、ひとけのない廊下《ろうか》の片隅《かたすみ》に転がっていた。

「大丈夫《だいじょうぶ》、ですか……？」

息を乱しつつも気遣うリヒャルトに、ミレーユは床《ゆか》に打ち伏《ふ》したまま答えた。

「……大丈夫に見える？」

「……すみません」

あやまる声も、なんだか元気がない。

ミレーユはがばりと起き上がった。座り込んで壁《かべ》に背をあずけたリヒャルトが、ほっとしたようにこちらを見る。

「怪我《けが》、してないですか」

「してないわよ！　してないけど言いたいことがありすぎて頭がおかしくなりそうよ！　心にもかなりの痛手を受けたわよ！」

髪《かみ》はぐしゃぐしゃであちこちはねまくり、タイはゆるんで上着も前が開いてしまい、ボタンや飾《かざ》り房《ふさ》も半分以上見当たらないし、腕や肩《かた》には白粉《おしろい》やら紅《べに》やらが点々とついている。女の子にはやさしいミレーユも、この状態ではさすがに癇癪《かんしゃく》をおさえることは出来なかった。

「なんなのよ白薔薇乙女の会ってえぇぇっ。フレッドの親衛隊ってあんなんばっかなの!?　ていうかあいつのことだからああいうのも嬉々《きき》として受け入れてる気がするし！　ああもうあの女たらし、帰ってきたらぜったい張《は》り倒すわ！　そのあと庭に埋《う》めてやるっ」

「はあ……」

リヒャルトは何ともいえないような顔つきで癇癪を受け止めると、はーはーと息を切らしているミレーユをふと見つめた。おもむろに手をのばして頰《ほお》にふれる。

「？　なに？」

「……口紅」

軽くなぞるようにして頰をぬぐった親指を、くるりとこちらに見せる。赤い紅がついているのを見てミレーユの頭にますます血がのぼった。

「なにしてくれてんのよあのお嬢様《じょう》たちはっ！　あ、あたしの貞操《ていそう》をなんだと思って……っ」

「やめますか、やっぱり。身代わりなんて」

興奮のあまり言葉がつづかず口をぱくぱくさせたミレーユは、その言葉に目を見開いた。

「なんで？　始まったばっかりじゃない。なんでそんなこと言うの？」

「いや、もう嫌《いや》になったんじゃないかと……」

「なに言ってんの、やるわよちゃんと。あたしの座右の銘《めい》は『有言実行』なのよ。そして『継《けい》続《ぞく》は力なり』でもあるわ。やるからにはなんでも頂点をめざすのが商人の心意気ってものよ」

身代わり生活における頂点がなんなのかということはさておき、真顔で人生論を語るミレーユに、それまで気遣《きづか》わしげな顔をしていたリヒャルトはふきだすのを堪《こら》えるかのように表情をゆるめた。

「なるほど。守りがいがある……」

「え？」

「いえ、何でもありません」

さりげなくごまかして立ち上がる。ミレーユの手を引いて起こしながら続けた。

「じゃあそろそろ陛下に御《ご》挨拶《あいさつ》にいきましょうか。きっとお待ちかねですよ」

「そうね。――あ、ねえ、さっき助けてくれた男の子って、フレッドの知り合い？」

思い出して訊《たず》ねると、リヒャルトは少し考えるふうにしてから答えた。

「ああ……ゲイルですね。近衛《このえ》騎士団の部下のひとりですよ」

「へえ……」

ずいぶん若く見えたが騎士だったのか。ミレーユは心の中でつぶやき、気を取り直して歩きだした。


奥の広間――近従をしたがえて玉座についた金髪《きんぱつ》の貴人は、これ以上はないだろうというくらいの満面の笑《え》みで出《で》迎《むか》えてくれた。

「思ったより元気そうでなによりだ、ベルンハルト伯爵《はくしゃく》。まずは、無理に呼びつけたことを詫《わ》びよう」

国王ハインリッヒ四世は、四十を少し越《こ》えたくらいの、おっとりした雰囲《ふんい》気《き》の人物だった。涙《なみだ》もろく落ち着きのないエドゥアルトとは対照的といっていい。共通点といえば、国王家の純《じゅん》粋《すい》な血筋をあらわすという美しい金色の髪だけである。

英明の名高き国王は、ふと表情をあらためてミレーユをまじまじと見た。

「なにやらあちこち乱れているようだが、なにかあったのか?」

「いえ……お気遣いなく」

ミレーユはひきつりながら答えた。それからリヒャルトに教わった挨拶《あいさつ》を思い出し、かわいた喉《のど》から声を押し出す。

「国王陛下におかれましては、おかわりなく。長く不在にしましたことをおゆるしください」

少しうわずってしまったが、あやしまれるほどではない。滑《す》り出しは上々だと自分で自分を勇気づけ、鼓舞《こぶ》するようにぎゅっと拳《こぶし》をにぎりしめた。

「そなたがいない王宮は、なんとも味気ないものであった。このたびの復帰をうれしく思うぞ」

「もったいないお言葉でございます。陛下」

「そのような堅苦《かたくる》しい礼はよい。さあ、近くへまいれ。ひさしぶりにそなたの顔を見せてくれ」

来た。ややうつむき加減でいたミレーユはごくりと唾《つば》をのんだ。

(大丈夫……大丈夫よね。うりふたつなんだもの、ばれっこないわ……)

「どうした。フレデリック」

再度うながされ、いよいよ覚悟《かくご》をきめた。ぐっと腹に力をこめて気合いをいれると、おそるおそる目線をあげる。

内心びくつきながら、ようやく笑顔《えがお》らしきものを浮《う》かべて見上げたミレーユは、思わずぎくりと目を瞠《みは》った。

ベルベットの絨毯《じゆうたんし》が敷きつめられた部屋の奥、少し高くなった壇上《だんじよう》にある人影《ひとかげ》は、ふたつ。

玉座の国王と、その隣《となり》の王妃《おうひ》である。

そのどちらもが、食い入るようにじっとこちらを見つめているのだ。

ミレーユは一気に浮き足立った。

(なっ、なに⁉　どこか不審《ふしん》なところでもあった⁉)

冷《ひ》や汗《あせ》を浮かべながら、それでも目がそらせずに固まっていると、はからずも見つめあう形になってしまった国王がおもむろに口をひらいた。

「すこし面変《おもが》わりしたような気がするが……病《や》み上がりのせいか」

ぎくぅっ、とミレーユは身をすくめる。しかしそれには気づいた様子もなく、国王は傍《かたわ》らの王妃を見やった。

「以前より首が細くなったように見える。そうは思わぬか、王妃よ」

「無理もございませんでしょう。療養《りようよう》中のはじめの一月《ひとつき》はあまり食も進まなかったと、ベルンハルト公がおっしゃっていらしたではありませんか」

そう言って王妃は軽《かろ》やかに笑い、やんわりと国王をたしなめた。

「あまり意地悪をおっしゃっては、伯爵がお気の毒ですわ。陛下」

「うむ……。そうだな。すまぬな、フレデリック。つい口がすべってしまった」

「は……いえ……」

何と返してよいかわからずしどろもどろのミレーユを、ふたりはいやににこやかにながめている。正体がばれたわけではないようだが、どうにも妙《みょう》な感じだった。

(なんだろ? 嫌味《いやみ》とか皮肉じゃなさそうだけど……なんかヘン……)

王の視線はやがて、ミレーユの背後にひかえたリヒャルトへとうつった。

「久々の出仕でなにかと不都合もあろう。フレデリックを頼《たの》むぞ、リヒャルト」

「は」

制帽を胸にあて、面伏《おもふ》せたまま短く答える。びくびくしているニセ伯爵とは違《ちが》い、さすがにリヒャルトは落ち着いたものだ。

王はすこし名残惜《なごりお》しそうな顔で続けた。

「ではさっそくセシリアのもとに行くがよい。あれも、そなたが戻《もど》るのを心待ちにしていた。顔を見せて安心させてやってくれ」

「……御意《ぎょい》」

ミレーユは深く頭をさげると、ぎこちなく立ち上がり、リヒャルトとともに場を後にした。

ゆうべは眠《ねむ》れないほど実は緊張《きんちょう》していた国王への謁見《えっけん》は、あっさりと終了《しゅうりょう》した。

玉座の間から長い廊下《ろうか》を経《へ》てとなりの宮殿《きゅうでん》まで無言で歩いてきたミレーユは、周囲に人がいないのを確認するや、壁《かべ》にもたれてぜーはーと荒《あら》く息をついた。今ごろになってどっと冷や汗がふきでてくる。

「すごいじゃないですか。陛下の御前《ごぜん》であれだけ落ち着いているなんて大したものですよ」

「そう……？　でも、国王様も王妃様も、なんか変じゃなかった？　あやしまれたんじゃないかしら」

リヒャルトは軽く苦笑した。

「大丈夫《だいじょうぶ》。御二方《おふたかた》はいつもあんな感じですから。じゃ、次は王女殿下《でんか》にご挨拶《あいさつ》にいきましょう」

「王女……って、セシリアさまだっけ」

フレッドが近衛騎士団長をつとめる、現国王の末の姫《ひめ》だ。国王がフレッドを呼び戻したのは彼女がさみしがっているからというのが理由の一つだった。

（きっとおしとやかな深窓のお姫様なんだろうな。フレッドを慕《した》っておられるみたいだけど、あたしにその代わりが務まるかしら）

すこし心配ではあるものの、本物のお姫様に会えるのはなんだか胸がはずむ。きらびやかなドレスを身にまとい、とろけるような微笑《びしょう》を浮かべる美しい姫君……。

想像してうっとりとしていると、リヒャルトがどこかあやふやな顔をしてふりかえった。

「もし命の危機を感じることがあったら、ためらわず避難《ひなん》してください。俺のことはかまわないでいいですから」

「――へ？」

ミレーユはきょとんと瞬《まばた》きした。

お姫様に挨拶するのに、なぜ命の危機を感じるというのだ。


現国王には三人の子がいる。

王太子アルフレート、第二王子ヴィルフリート、そして末娘《すえむすめ》セシリアである。

彼らには各々、花の名を冠《かん》した優雅《ゆうが》な部隊名を持つ近衛騎士団がついていた。どれも良家の子弟で固められた、前線に出ることのない王都駐屯《ちゅうとん》の部隊である。騎士とはいっても王宮で主君に付き従うことが第一の職務であるため、どちらかといえば侍従《じじゅう》に近いといえるだろう。

王女セシリアの騎士団もその例にもれない。団長のベルンハルト伯《はく》からして騎士というより貴公子といったほうがぴったりくる風貌《ふうぼう》であるし、実際王宮での彼は王女の話し相手を務めることを主な仕事としていて、剣《けん》をとることはほとんどなかった。

ただ、彼の配下は他に比べていくらか男くさい連中が多い。それが特色といえば特色である。

その男くさい連中をたばねる伯爵《はくしゃく》の身代わりは、侍女《じじょ》の先導で王女の住む棟《むね》へと足を踏《ふ》み入れていた。

　王女の生活圏《けん》である『白百合の宮《しらゆりのみや》』は、その名のごとく百合の庭に面した、白壁《しらかべ》の美しい宮殿だった。王城の南の端《はし》、宮廷《きゆうてい》の喧騒《けんそう》が届かない静かな場所にある。

「姫様、ベルンハルト伯爵がいらっしゃいましたわ」

　やたらと瞳《ひとみ》をきらきらさせている侍女たち――リヒャルト曰《いわ》く彼女らもフレッドの親衛隊だそうだ――に面食らいつつ部屋に入ると、猫脚《ねこあし》の長椅子《ながいす》に腰《こし》かけた赤毛の少女が目に飛び込んできた。

（うわぁ……）

　ミレーユは思わず頰《ほお》を上気させ、まじまじと彼女に見入った。

（これがセシリアさま？　なんておかわいらしい……！）

　あざやかな色みの髪《かみ》は、まるでそこに赤い花が咲《さ》いているかのようだった。年の頃《ころ》は十三、四くらいだろうか。顔立ちはまだ幼いながら、通った鼻筋や引き結んだ小さな唇《くちびる》には凜《りん》とした美しさが宿っていて、淡《あわ》い卵色のドレスがうっとりするほど似合っている。

　立場を忘れてぽーっと見惚《みと》れてしまい、後ろからリヒャルトにこっそり背中をつつかれて、ようやく我に返った。

「おひさしぶりでございます。王女殿下」

　こんなにかわいらしいお姫様となら、頼まれなくともぜひ仲良しになりたい。そんな思いからか、努力することもなく自然と微笑がうかんだ。それを見た周りの侍女たちが、ほぅ、とため息をもらす。

「…………」

セシリアは無言だった。それどころかこちらを見ようともしない。にこにこしながら見つめていたミレーユだが、沈黙《ちんもく》が続くとさすがに怪訝《けげん》に思えてきた。

「あの……セシリアさま？」

「…………」

「……あの……」

何か気に食わないことをしただろうかと内心焦《あせ》りながら背後を見やると、目が合ったリヒャルトは心得たように小さくうなずいた。

「王女殿下。伯は殿下のご要請《ようせい》があったために療養を切り上げて戻られたのです。なにかお言葉を賜《たまわ》りますよう」

少々あてつけがましくもとれる言葉をリヒャルトがにこやかに吐《は》くと、セシリアの表情がぴくりと動いた。

彼女は、すこし離《はな》れたところに突《つ》っ立ったままのミレーユにはじめて視線をむけた。深い琥《こ》珀色《はくいろ》の瞳はやはり美しかったが、おそろしく強気な光が宿っている。

「……ふーん……」

王女は、その生まれにふさわしい尊大なまなざしでじろじろとこちらを眺《なが》めていたが、やがてふんと鼻を鳴らした。

「少しはましになって戻ってきたかと思ったけれど、その間抜《まぬ》け面は変わっていないのね。残念だこと」

ミレーユはぽかんと王女を見返した。

空耳だろうか？　なんだか意地悪っぽいことを言われたような気がするが……。

黙《だま》りこんだことに勢いづいたのか、セシリアは勝ち誇《ほこ》ったように言い募《つの》る。

「すっかり田舎《いなか》くさくなって、わたくしの耳をわずらわせる軽薄《けいはく》な口もまわらないようね。以前のように愛想《あいそ》をふりまく元気もないようだし、もう少しベルンハルトの田舎に引っ込んでいたほうがよかったのではなくて？　まあ、わたくしとしては、あなたの無駄《むだ》な愛想の良さを目《め》障《ざわ》りだと思っていたから、今くらいでちょうどよいけれど」

「…………」

「ああ、それに、断っておきますけれど、あなたを呼び戻したのは別に顔が見たかったからとかそういう理由ではなくてよ。侍女たちがさみしがっているものだから、主《あるじ》のわたくしが仕方なくお父様にお願いしただけのことなの。わたくしはあなたがいなくてせいせいしていたのよ。けれど侍女たちがせがむから、ほんとうに、しぶしぶ呼び戻したのよ。そこのところ、誤解してもらっては困るわ」

つんけんした様子でまくしたてるセシリアを呆気《あっけ》に取られて見ていたミレーユは、やがて内心でぽんと手を打った。

(もしかして、照《て》れ隠《かく》し?)

憎《にく》まれ口と強気な態度のわりに、どうも言葉尻《ことばじり》にうれしげな色が見え隠れしている。微妙《びみょう》に目線が逸《そ》れているのも不自然だ。

(あんなことおっしゃってるけど、実は結構フレッドのことお好きなんじゃない?)

本当は心配でたまらず、それを素直《すなお》に口に出せないだけなのではないだろうか。

ほほえましい推測をしてしまい、ミレーユは思わずくすっと笑ってしまった。それを目ざとく見つけたセシリアが怪訝そうに眉《まゆ》をよせる。

「なにを笑っているの」

「いえ……」

「なによ」

ミレーユは堪《こら》えきれない笑《え》みをそのままに小首をかしげて答えた。

「セシリアさまって、おかわいらしいなあと思って……」

とたん、セシリアの顔がカッと赤くなった。

彼女は無言のまま立ち上がると、傍《かたわ》らのテーブルに手をのばした。

最初ミレーユは、彼女がなにをしているのかわからなかった。

気がつくと自分めがけて飛んできた何かが、背後からのびてきた手に阻《はば》まれて床《ゆか》に落ちていた。──指四本分はありそうな、分厚い本だ。

「怪我《けが》は？　当たってないですね？」

「え……、うん」

すぐ耳の上で聞こえた声に思わずうなずくと、リヒャルトはほっと息をついて、かばうようにミレーユの前に出た。

「始まったらしい。隠れててください」

「なにが……」

ひょいと顔をだすと、今度はティーポットが茶をふりまきながら飛んできた。

「──っ!?」

ミレーユはぎょっとして目を瞠《みは》った。先ほどまでお姫様だった人が、悪霊《あくりょう》に憑《つ》かれたかのごときおそろしい形相をして、テーブルの上にあるものを手当たり次第になげつけてくる。

「きゃあああ姫様ぁ！」

「殿下《でんか》が久々にご乱心よ！」

「総員、ひとまず退避《たいひ》ーっ！」

あわてふためく侍女たちと乱舞《らんぶ》する物体で、部屋は上を下への大騒《おおさわ》ぎになった。

その中心でセシリアは、置物やら敷布《しきふ》やら菓子《かし》のかごやら、とにかくミレーユにぶつけようと躍起《やっき》になりながらわめいている。

「あなたのそういう、人を小馬鹿《こばか》にした態度が気に入らないというのよ！　いつもいつもいつもいつも、わたくしをからかって……！　今日こそは仕留《しと》めるわ！　ラドフォード卿《きょう》、そこをおどきなさいっ！」

「殿下、おちつかれて」

「どけと言ってるのよおおおぉぉ」

セシリアが自分の座っていた長椅子を軽々と頭の上に持ち上げたのを見て、ミレーユは腰が抜《ぬ》けそうになった。

（なんなのよこのお姫様は!!）

どこの世界に長椅子を振《ふ》り回したり投げつけたりして暴れる王女様がいるというのか。

「あぶない！」

痛いくらいに腕《うで》をつかまれ、床に引き倒《たお》される。その頭上をものすごい速さで通過していった長椅子が、背後の壁《かべ》にぶつかってゴーンと重い音をたてた。無残にもヒビの入った壁からパラパラと欠片《かけら》が飛び散る。

ミレーユは思わずつばを飲み込んだ。背中を冷たいものが這《は》い、ぶるりと身震《みぶる》いする。

あの勢いでぶつけられていたら――間違《まちが》いなく命の危機に陥《おちい》っていただろう。

「仕方ない、引き上げましょう」

ミレーユをかかえるようにして一緒《いっしょ》に転がっていたリヒャルトが、身を起こしざま言った。

「ああなったらしばらくは止まらないんです。さ、行ってください」

「リ、リヒャルトは？」

「俺もすぐに行きますから」

そうこうしているうち、王女はあらたな武器を手にした。手近に残った唯一《ゆいいっ》のもの、すなわち大理石のテーブルである。

「ええい、ちょこまかと、病《や》み上がりのくせに！　神妙《しんみょう》にそこへお直りっ！」

「ちょ、うそ……」

「早く行って！」

ミレーユは足をもつれさせながら、ほとんど這うようにして扉《とびら》へ向かった。

セシリアの瞳《ひとみ》がぎらりと光る。重厚《じゅうこう》なはずのテーブルをゆらりと持ち上げるさまは、さながら地獄《じごく》の使者のごとき凄絶《せいぜつ》な迫力《はくりょく》があった。

「逃《に》がすものですかああああ!!」

「いや————!!」

涙目《なみだめ》で絶叫《ぜっきょう》したミレーユはバネ仕掛《じか》けのようにはね起きると、扉をぶちあけて脇目《わきめ》もふらず部屋を飛び出した。

華《はな》やかなはずの王宮が、こんなにも恐怖《きょうふ》に満ちたところだったとは！

廊下《ろうか》の端《はし》の一隅《いちぐう》にうずくまって、ミレーユはぶるぶる震《ふる》えていた。

「あ、ここでしたか」

「ぎゃ——!!」

いきなり背後から肩《かた》をたたかれて、ミレーユはまたも絶叫した。

「いやあああ殺されるううぅ!!」

「お、おちついて。俺ですよ」

あわてたようになだめる声がふってきて、はたと我に返る。おそるおそる振り向いてみると、なぜか頭からびしょぬれのリヒャルトが立っていた。

「どうしたの、それ」

おびえていたことも忘れて目を丸くすると、彼は滴《しずく》のたれる髪《かみ》をかきあげて苦笑《くしょう》した。

「花瓶《かびん》をよけそこねまして」

「花瓶……」

そういえばたしか、ふた抱《かか》えはありそうな壺《つぼ》に花が生けてあったが——と思い出して、ミレーユはぎょっと目をむいた。

「あれが当たったの!?」

「かすっただけですよ」

あまり頓着《とんちゃく》した様子でもなく、リヒャルトは前髪をあげてみせた。額《ひたい》の端のほうがうっすら紫色《むらさきいろ》に腫《は》れており、すこし血もにじんでいる。

「いやー!! 重傷じゃない!」

「大丈夫《だいじょうぶ》。石頭なんで」

「いいえ間違いなく重傷よ!」

けろりとして髪についた花びらをつまんだりしている当人とは対照的に、ミレーユはおろおろと浮《う》き足立った。なにか血を止めるのに適当なものはないかと自分の服をまさぐり、巻いていたタイをほどいて彼の傷口にそっと当てる。

「うわっ……、いいです、よごれますよ」

「いいの。ちゃんと洗って返すから」

それにどうせフレッドのものだ。怪我を負った親友の血止めに使ったといえば、そうそう怒《おこ》ったりはするまい。

「でもちゃんと手当てしなきゃだめね。王宮のお医者様ってどこにいらっしゃるの?」

ぼんやりとされるがままになっていたリヒャルトは、我に返ったように瞬《まばた》きした。

「ああ、手当てなら自分でやりますから。——騎士《きし》の専用サロンに道具一式おいてあるんです。これくらいの怪我、いつもに比べたら大したことないですよ」

「……いつも？」

聞き違《ちが》いではなかった。リヒャルトはあっさりうなずいた。

「王女殿下の癇癪《かんしゃく》の嵐《あらし》はいつものことです。ご覧のとおり、少しばかり感情の起伏《きふく》のはげしい御方《おかた》ですので」

「少しばかり……ね……」

「いや、ああ見えてご気性《きしょう》は素直《すなお》でいらっしゃるんですけどね。ただ、お年頃《としごろ》のせいかうまくご自分のお気持ちを出せないでおられるのを、フレッドがおもしろがってからかうものだから」

「フレッドが？」

リヒャルトは微苦笑した。

「ちょうどさっきみたいな——殿下の強がりにフレッドが絶妙《ぜつみょう》の間合いで茶茶をいれるといったようなね。そのたびにああやって爆発《ばくはつ》なさるんです」

「…………」

「それにしてもさすが双子《ふたご》だな。教えなくても手口がまったく同じだなんて」

ミレーユの額に浮かんだ青筋に気づかず、リヒャルトは妙《みょう》に感心しながらのんびりと続けた。

「もう慣れましたけどね、俺もみんなも。難点といえば殿下のお部屋の修繕費《しゅうぜんひ》が異様にかさむってことくらいで」

「……うちの愚兄《ぐけい》は、そんなにしょっちゅう怪我《けが》してるのに、行動を改めようとはしないの？」

「いや、フレッドは怪我なんてしないんですよ。嵐がはじまったら真っ先に逃げますから。手当て道具一式は、盾《たて》にされた他の騎士のために用意されたものなんです」

「…………………」

ミレーユは眩暈《めまい》をおぼえた。認めたくはないがいやにはっきりその光景が目に浮かぶ。乱舞《らんぶ》する物体をかろやかにかわし、神経を逆撫《さかな》でするほどに爽《さわ》やかな笑顔で逃げる兄……。

(帰ってきたら全力でしばいて吊《つ》るす!!)

お姫様をあそこまで怒《おこ》らせ、しかも仲間がそのせいで怪我をしているのに、よくも同じことを平気で繰《く》り返せるものだ。なんという大馬鹿者《おおばかもの》か。

「……ごめんなさい。うちのバカのせいで迷惑《めいわく》かけてばっかりで」

ひとしきり内心で兄を罵《ののし》ったあとは急に申しわけなさがこみあげてきて、ミレーユは消え入りそうな心地で頭をさげた。リヒャルトは驚《おどろ》いたように手をふる。

「そんな、謝《あやま》ってもらうようなことじゃ」

「ううん……妹として不出来なバカ兄の代わりにお詫《わ》びするわ。他の騎士のみなさんにも……そうだ、セシリアさまにも。凶暴《きょうぼう》だとか思って申しわけなかったわ」

しょんぼりとうつむく肩に、そっと手が置かれた。

「ほんとに、あなたが気にすることじゃないんですよ」

「でも」

「フレッドが近衛長官になってから、王女殿下は見違《みちが》えるように明るくなられた。それは間違《まちが》いなく彼の功績です。だから感謝してるんですよ。陛下も侍女《じじょ》たちも近衛《このえ》のみんなも、俺もね」

まさか、と疑わしい思いでリヒャルトを見上げたミレーユは、彼がおだやかな優《やさ》しい顔で見下ろしているのに気がついた。ミレーユに気を遣《つか》っているというわけではなく、どうやら本気でそう思っているようだ。

思わず黙《だま》り込んでしまうと、納得したと思ったのか、リヒャルトはにこやかな表情にもどって言った。

「サロンに行きましょう。みんなを紹介《しょうかい》しますよ」

近衛騎士団は、王宮の中に『サロン』と呼ばれる控《ひか》え室をそれぞれ賜《たまわ》っている。部屋の名は彼らの主君の宮殿《きゅうでん》と同じ名、すなわち部隊名でもって呼ばれる。つまり、セシリア王女の近衛部隊のサロンは通称《つうしょう》『白百合《しらゆり》の間』と呼ばれていた。

「すっごく高貴な感じのする名前ね。中にいる人たちも貴族の子どもばっかりなんでしょ？」

「まあ、だいたいそうですけど……でも高貴さとはまったくかけ離《はな》れた連中ばかりですよ」

「そうなの？」

「門前にいた親衛隊の中に、暑苦しい男の一団がいたでしょう。あれもそうです」

「う……」

ミレーユはたちまち不安になった。彼らと仲良くやっていく自信は、はっきり言って、ない。というよりつきあい方がわからない。

どうやって接していこうかと思《おも》い悩《なや》みはじめたとき、廊下の向こうからいやにきらきらした集団がやってくるのが見えた。

数にして十人ほどだろうか。いかにも高級そうな服を身につけ、育ちのよさをふりまきながら歩いてくる彼らは、どれもまぶしいほどに美々しい少年ばかりである。

なんの団体だと啞然《あぜん》とするミレーユに、リヒャルトがこっそり耳打ちした。

「王子殿下《でんか》とその近衛です」

「えっ……じゃあもしかして、あの中にアルフレートさまが？」

良心が痛むため、いま一番会いたくない人物である。ミレーユは焦《あせ》ったが、リヒャルトは冷静だった。

「いいえ、第二王子のヴィルフリート殿下です。フレッドとは同じ趣味《しゅみ》をもつ好敵手といったところですね」

「同じ趣味……珍品蒐集《ちんぴんしゅうしゅう》？」

「ああ、見つかってしまった。しょうがない、軽く挨拶だけしておきましょう」

そう言われて視線をもどすと、集団を残してひとりだけこちらに歩いてくる者がいる。おそらくはミレーユと同年代の金髪《きんぱつ》の少年だ。

高慢《こうまん》さを漂《ただよ》わせた彼の面立《おもだ》ちは、そのせいで余計に繊細《せんさい》で端整《たんせい》な造りが浮き彫《ぼ》りになっているようだった。天使とはかくやあらんというような、目のさめるような美少年である。

彼は少し距離《きょり》をおいて立ち止まると、エメラルドのように深い翠《みどり》の瞳《ひとみ》で傲然《ごうぜん》とミレーユを見すえた。不敵な笑《え》みをうかべ、おもむろに胸元に手を突《つ》っ込む。

「いいところで会ったな、フレデリック」

「はい、おひさしぶりで――」

「くらえ！」

「は？」

王子は取り出した小さな球をいきなり床《ゆか》に投げつけた。黄色と白のそれはミレーユの前まで転がってくると、ぱんっと小気味よい音をたてて砕《くだ》けた。

「玉ねぎ丸と小麦丸だ！」

いつのまに走り去ったのか、ヴィルフリートが遠くから叫《さけ》ぶ。その瞬間《しゅんかん》、視界一面が真っ白になり、鼻と目をすさまじい刺激《しげき》が襲《おそ》った。

「な……!?　うぇっ、なっ、なにこれ……っ」

ツーンとしみる、覚えのある刺激だ。なにもしていないのになぜだか涙がぼろぼろ出てくる。

「ちょっ……小麦丸、て、なんて無駄遣《むだづか》いを……げほごほっ」

「行きましょう！」

粉が鼻にはいってむせてしまう。リヒャルトに引っぱられるまま、ミレーユは咳《せき》とくしゃみを連発しながらその場を逃《に》げ出した。

王子の勝ち誇《ほこ》った高笑いが、小麦粉のけぶる回廊《かいろう》にこだました。


(なぜこんな目に……)

長い廊下《ろうか》をふらふらとよろめきながら、ミレーユは心底そう思っていた。

よもや王宮で、王女に長椅子《ながいす》を投げられたり王子に小麦粉をあびせられたりするとは思ってもみなかった。

せっかくの上等な服は粉まみれ、涙も鼻水もいまだ止まらない。走ったせいで髪《かみ》はぼさぼさに乱れ、少し動いただけで小麦粉がぱらぱらと飛散する。なんだか泣きたくなってきた。

「これが王宮仕えの現実なの？　それともただの嫌《いや》がらせ？」

涙目で見上げた先ではリヒャルトが、やれやれといった表情で髪をかきまわしていた。もともと水をかぶっていた彼は全身に粉が付着してしまい、ミレーユよりももっと悲惨《ひさん》な姿になっている。

「あの方の奇襲《きしゅう》もいつものことで……殿下なりの歓迎《かんげい》だと思うんですけどね……」

「そんなことを言いたいんじゃないのよ、あたしは！　ていうか小麦粉をあんな扱《あつか》いにした時点で、あの王子様はパン屋の娘《むすめ》を敵に回したのよ！」

「はあ……」

ミレーユの憤《いきどお》りももっともだと思ったのか、それとも彼自身嫌気《いやけ》がさしたのか、リヒャルトはため息をついて言った。

「このまま王宮をうろうろするわけにはいかないし、今日はもう帰りましょうか。サロンに寄って着替《きが》えたら」

「うん……」

ミレーユはぐったりとうなずいた。疲労《ひろう》が重くのしかかっている。これ以上なにかあったら倒《たお》れてしまいそうだった。


もともとサロンというのは、貴族たちの優雅《ゆうが》で華麗《かれい》な社交の場を指すらしいが、シャンデルフィール城の王宮騎士《きし》のサロンについて言えば、その要素は限りなく薄《うす》い。特に白百合の間は、その名に反して優雅さも華麗さも皆無《かいむ》だといわれている。

「──なんだか騒《さわ》がしいな」

扉《とびら》の向こうをうかがったリヒャルトが、いぶかしげに取っ手に手をかける。そのとたん、勢いよく中から扉が開いた。

「うお！　なんだよ、こんなところに突っ立って」

威勢《いせい》のいい、底抜けに明るい声がして、ひょいと顔がのぞいた。赤みの強い茶色の髪をした、気の良さそうな雰囲気《ふんいき》の若い男である。──が。

（な、なんで裸《はだか》？）

彼は上半身になにも身につけていなかった。春の遅《おそ》い北方の国で、この季節になにを好きこのんで服を着ていないのか。しかも額には玉のような汗《あせ》が浮《う》かんでいる。

彼は、間一髪《かんいっぱつ》で顔面強打をまぬがれたリヒャルトをふしぎそうに見やり、その背後で固まっているミレーユに気がついた。

「フレッド！」

「──何!?」

「フレッドだって？」

「帰ってきたのか？」

頓狂《とんきょう》な叫びに、部屋の中から次々に声があがる。わらわらと集まってきた男たちはどれもやはり──

（だから、なんで裸なのよ⁉）

　十人ほどいる男たちは、なぜかすべて上半身裸だった。そして一様に汗を浮かべ、何ともいえないもわもわとした熱気をまとっていた。

　騎士であろうということはその均整のとれた逞《たくま》しい身体《からだ》を見ればわかるが、なぜそろいもそろって服を着ていないのか。そしてなぜそんなにも暑苦しい蒸気を発しているのか。はっきり言って不気味である。

「なんだ、その恰好《かっこう》は」

　リヒャルトが呆《あき》れたように言ったので、もしやこれが白百合《しらゆり》騎士団の軍装なのかと蒼《あお》ざめていたミレーユはほっと息をついた。どうやら違《ちが》うようだ。

「いやあ、ヒマだったんで勝ち抜《ぬ》き腹筋大会してたら汗かいてさ。これからみんなで水浴びに行こうとしてたところ。──それよか、俺のほうもその質問させてもらっていいか？」

　彼は粉をかぶって白くなっているリヒャルトをじろじろと眺《なが》めた。

「ああ、これは……」

「ま、いっか。──よう、隊長殿《どの》。ひさしぶりだなー」

　訊《き》いておいて答えを聞かず、後ろからミレーユを引っ張り出す。

「ひぇっ」

「そんなところにいないでこっちに来いよ。おーい皆《みな》の衆、隊長殿のお帰りだー」

有無を言わさず部屋に連れ込まれたミレーユは、たちまちむさくるしい熱気にうずもれた。

本日二回目のもみくちゃ攻撃《こうげき》だが、言うまでもなく破壊《はかい》力はこちらのほうが数段上である。

「よー大丈夫《だいじょうぶ》かよ怪我《けが》はー」

「待ってたんだぞ、帰ってくんのー」

「おまえがいないと毎日張り合いがなくてさぁ」

「そうだ、今からフレッドの復帰祝いをしようぜ！　もちろんフレッドのおごりで」

「お、いいねー」

「さんせーい」

緊張感《きんちょうかん》なく口々に言いながら、頭をわしわしと撫《な》でたり肩《かた》を組んだり腰《こし》に手を回したり、身代わりと知らないとはいえやりたい放題である。

「ちょ、ちょっと待て、さわるな！」

リヒャルトは焦《あせ》りながら割って入ろうとしたが、強靭《きょうじん》な壁《かべ》にはばまれて近づくことができない。と、それを見た赤毛の男が、ミレーユをいきなり抱《だ》きしめた。

「たーいちょーう」

（ぎゃ――!!）

異様な男臭《くさ》さに目が回り朦朧《もうろう》としていたミレーユは、瞬時《しゅんじ》に意識を取り戻した。

（ひいぃぃ汗臭《あせくさ》いぃ！　は、裸、あんた裸だからっ、き、き、筋肉が顔にっ………いやああああああああ!!)

錯乱《さくらん》するミレーユの内心に気づいているのかいないのか、彼はミレーユの頭にすりすりと甘えるように頬《ほお》を寄せてくる。

「なー隊長、リヒャルトが俺の隊長にふれるなとか言ってんだけどぉ、これって隊規違反《いはん》じゃねーの? いついかなるときも隊長をひとりじめするべからずって、白百合騎士団の第一規則だろー? 叱《しか》ってやってくれよ」

「うっ……ひぃぃぃっ」

「おい、セオラス!」

耐《た》えかねたようにリヒャルトが声を荒《あら》らげたが、セオラスと呼ばれた男はいっこうに気にしたそぶりもない。それどころかとんでもないことを言い出した。

「つうか、おまえもひどい恰好だな。ちょうどいい、一緒《いっしょ》に水浴びに行こうぜ」

「は……!?」

「心配すんな、病《や》み上がりなんだから、ちゃんと湯を用意してやるって」

「いいいいや結構ですッ」

不穏《ふおん》な空気を察してじたばたもがくミレーユに、セオラスはにやりと笑う。

「遠慮《えんりょ》しなさんな。どれ、服を脱《ぬ》がしてやろう」

「ひえええぇぇ!!」

「セオラス！　いい加減に……」

――ずるり。

「あ」

重たい上着が肩からすべり、床《ゆか》に落ちた。男たちの視線をあびて真っ青になっているミレーユと同じくらいに、リヒャルトもまた蒼ざめた。

「……あ……あの……」

「…………」

おそろしい沈黙《ちんもく》ののち。

王宮中に轟《とどろ》くようなすさまじい大絶叫《ぜっきょう》が、白百合の間を震《ふる》わせた。

「なんということだ！」

翌朝。ベルンハルト公爵家別邸《べってい》では、公爵《こうしゃく》が殺気立った目をして剣《けん》を持ち出していた。

「結婚《けっこん》前のいたいけな娘の服をよってたかって脱がせるとは！　あの極悪不良騎士どもめが、たたっ斬《き》ってくれる!!」

「脱がせたといっても上着だけですが……」

ぼそりとつけくわえたリヒャルトにエドゥアルトのつばが飛んだ。

「上着だけだろうと脱がされたことに変わりはない！　その蛮行《ばんこう》がどれほど乙女《おとめ》の心を傷つけたか、きみはわかっているのか！　何のための護衛役だ、まったく！」

「……おっしゃるとおりです……」

「あの子は狼《おおかみ》の群れに放り込まれた子羊のようなものだ。だからこそきみをあの子のそばにつけたんだ。もしものときにはきみが代わりに脱がされるくらいのことはしたまえ!!」

「……」

リヒャルトは何とも言えずに肩をおとした。昨日の事態はたしかに自分の落ち度だ。それはいやになるくらい自覚している。

悲鳴をあげたきり真っ白になってしまったミレーユをかかえて城から遁走《とんそう》し、別邸に連れ帰ったものの、彼女の落ち込み具合は尋常《じんじょう》ではなかった。筋肉に抱きしめられたり服を剝《む》かれたりしたのがよほどショックだったのだろう、部屋に閉じこもったきりいくら呼びかけてもまったく反応がなかった。

外出先から戻ったエドゥアルトは娘《むすめ》の様子がおかしいことに一晩中気をもんでいたが、今朝になって迎《むか》えにきたリヒャルトから事情をきき、大激怒《だいげきど》した。

それも無理はない。娘を心配するあまり、居城であるモーリッツ城から別邸までわざわざっいてきたくらいなのだ。怒《いか》りの矛先《ほこさき》が目の前の護衛役にむかうのも自然ななりゆきといえよう。

「――エドゥアルト様。やはりこの計画には最初から無理があったのではないでしょうか」

思いつめたようなリヒャルトの声に、エドゥアルトは騎士《きし》団へむけた罵声《ばせい》と呪《のろ》いの言葉を一時中断して向きなおった。

「どういうことだい」

「……なにか、別の策を考えるべきだと思います。フレッドの不在を隠《かく》すためなら他にも方法があるはずです。彼女を巻き込むのは……やはり気が進みません」

エドゥアルトはふむ、と顎《あご》をなでた。

「ミレーユに会えたことは良しとして、私はもともとこの作戦には反対だったんだが……。じゃあ、今からでもやめるかい？　それでもってミレーユと私はモーリッツ城で親子水入らずの毎日を――」

「やめないわよ」

毅然《きぜん》とした声が割って入った。

視線を走らせた先、広間の入り口に、貴族の正装をまとったミレーユが腰に手をあてて立っていた。心なしか、昨日より服の色みや造りが派手になっている。

瞬時に親ばかの顔になったエドゥアルトが、おろおろとまとわりついた。

「ミレーユ！　気分はどうだい、もう大丈夫なのかいっ」

「気分？……ふふ、そうね。やる気に満ち満ちているわよ？」

「ミ、ミレーユ……？」

突《つ》き抜《ぬ》けたような笑顔《えがお》のわりにまったく目が笑っていない娘を見て、エドゥアルトは絶句した。それにかまわずミレーユは、くっと拳《こぶし》をにぎりしめる。

「一晩考えて理解したの。あたしが甘かったって」

「甘……？」

「ええ。仮にも男のふりをしようってんなら、あれくらいで怯《ひる》んじゃいけなかったのよ。裸《はだか》の男に囲まれたくらいで取り乱したりして、自分がなさけない！」

「…………」

「フレッドとして顔を見せた以上、あそこはむしろ自分から服を脱ぐくらいの心意気を見せるべきだったわ。フレッドの身代わりになるってことがどういうことなのか、あたしはわかってなかった。甘く見すぎてたわ。覚悟《かくご》がたりなかったのよ！」

熱く語るミレーユは、呆然《ぼうぜん》としている父と護衛役にきっぱりと宣言した。

「やられっぱなしで逃《に》げたりなんかしたら鉄拳《てっけん》女王の名が泣くわ。あたし、このままフレッドの身代わりやる。絶対やめないから」

瞳《ひとみ》が以前にも増して勝ち気な炎《ほのお》で燃えている。復活どころか臨戦態勢《りんせんたいせい》だ。妙《みょう》なところで負けず嫌《ぎら》いなミレーユであった。

浮《う》かない表情をして何か言いたそうにしているリヒャルトに気づくと、ずかずかと歩いていって当然のように促《うなが》す。

「迎えにきてくれたんでしょ? 行きましょうよ」

「しかし……」

「心配してるのはわかるわ。でももう、昨日みたいなヘマはしないから。大船に乗ったつもりで、まかせといて」

「いや……」

心配の種類がちがう、とリヒャルトは言おうとしたが、潑剌《はつらつ》とした強気な目を見ると、及《およ》び腰《ごし》でいることが間違《まちが》っているように思えてきた。

自分の役目は彼女を心配することではなく、守ることだったはずだ。不安にさせないためにはいかに行動するべきか、それだけを考えていればいい。

「……わかりました」

気がつくと、自然に口元がほころんでいた。

「今度こそ、何があっても守ります。俺があなたの盾《たて》になりますよ」

ミレーユはぱちぱちと瞬《しばた》いた。それから急にうろたえた様子で目を泳がせ、

「そ、そう。——えーと、あ、あたし、先に下りてるわねっ」

しどろもどろで言い残してそそくさと広間を出ていってしまった。

「リヒャルト……」

どうかしたのだろうかと不思議に思って見送っていた視界に、ゆらりとエドゥアルトが入ってきて、リヒャルトは思わず後退《あとずさ》った。

「は、はい」

「ふふ……きみもなかなかやるじゃないか。私の目の前でミレーユを口説《くど》くとは……」

「はっ？　い、いや、そんなつもりじゃ」

「あんな顔で甘くささやかれたら、純情な私の娘はひとたまりもない。きみだからといって油断は禁物だな。これからは少し注意が必要のようだ。ふふふ……」

エドゥアルトが不気味な笑《え》みでぶつぶつと呟《つぶや》き出したので、リヒャルトは冷や汗を浮かべつつも早々にその場を辞することにした。


広大なシャンデルフィール城のほぼ中央、『青の宮殿《きゅうでん》』とよばれる古い建物に、貴族たちが集《つど》う様々なサロンがある。

近衛騎士団のサロンがある棟《むね》とは離《はな》れているために昨日は足を踏《ふ》み入れなかったが、今日は運悪く、通りがかりの貴族たちと鉢合《はちあ》わせしてしまった。

「やあ、ベルンハルト伯爵《はくしゃく》」

エドゥアルトと同年代か、もしくは年上と思われる彼らは、にこやかに会釈《えしゃく》をして近づいてくる。誰《だれ》だろうと考えるより先に、ミレーユはらしくもない愛想《あいそ》笑いを満面に浮かべていた。

「こんにちは、みなさん。おひさしぶりです」

フレッドが里帰りしたときに近所にふりまく笑みを思い出しながら挨拶《あいさつ》する。できるだけにこやかに、そして腹黒く。それを心がければ兄に近づけるはずだ。

彼らはかるくたじろいだように目線を見交《みか》わしたが、それも一瞬《いっしゅん》のことで、すぐまた笑みを浮かべた。

「お元気そうで、なによりです」

「このたびは災難なことでしたなあ」

「いやしかし、こうして無事にお戻《もど》りになってよかった」

口々に見舞《みま》いの言葉をのべる彼らに、ミレーユも「ありがとうございます」と笑顔を返す。

昨日とは明らかに違《ちが》う堂々としたふるまいに、後ろにひかえたリヒャルトは内心驚《おどろ》いたが、何も言わずに黙《だま》っていた。

しばらくとりとめもないやりとりが続いてから、中でも若いひとりが思い出したように話を変えた。

「そういえば、小耳にはさんだのですがね、伯爵」

と見つめる。

窺《うかが》うような上目遣《づか》いが気味悪い。なにか、と一際《ひときわ》にこやかに小首をかしげたミレーユをじっ

「あなたがユベール侯爵令嬢《こうしやくれいじよう》と駆《か》け落ちしたという噂《うわさ》があるようですよ。ご存じでしたか？」

思いがけない質問だった。ミレーユは意表をつかれ、一瞬言葉をなくした。まだ公《おおやけ》にはなっていないとリヒャルトは言っていたが、いつの間にかもれていたのだろうか。

背後のリヒャルトがさっと緊張《きんちよう》したのを感じる。ミレーユも内心ひやりとしたが、かろうじてはりついていた笑顔に自分で感謝しながら、そのまま笑い出した。

「そんな噂があるんですか？　おもしろいなあ」

愉快《ゆかい》そうにけらけら笑う姿を見て、紳士《しんし》たちは意外そうに目を丸くする。彼らは皆《みな》、反応しだいでは揚《あ》げ足をとって愉《たの》しもうとしていたのだ。それを見抜《みぬ》けないほどミレーユはお人好《ひとよ》しではなかった。

「わたしはこうして今みなさんの目の前にいるじゃありませんか。駆け落ちのしようがないですよ」

答えながら思わず内心膝《ひざ》を打つ。

（なるほどね。あたしが連れてこられたのは、こういうときのためだったんだ）

たしかに本人の口からはっきり否定の言葉が出れば、たとえ噂になってもそれはすぐ立ち消える。

陰険《いんけん》貴族め。おとなしくやられるものですか。舌を出してやりたい気分で、さらににこやかに一同を見回した。

「そんな埒《らち》もない噂、いったいどなたが囁《ささや》かれていらっしゃるんでしょうね？」

「さあ……それは……」

相手は怯んだように口ごもる。すると隣《となり》にいた年配の紳士が助け船を出した。

「伯爵《はくしゃく》はリディエンヌ嬢《じょう》とずいぶん親しくしておられましたからなあ。そのような噂がたつのも無理はないでしょう」

ミレーユは答えずにただ声をあげて笑った。

（ばかじゃないの。仲が良かったら駆け落ちするだなんて、そんな突飛《とっぴ》な発想がどこから出てくるのよ。嫌《いや》がらせに決まってる）

まあ実際、駆け落ちしているわけだが。それは横に置いといて。

なんとかあらを探そうという空気に、ミレーユは俄然闘志《がぜんとうし》が燃えてきた。いつもの調子でケンカできないのはつらいが、だからといって負ける気はしない。

つられたように笑いながら相手はさらに続ける。

「あなたが療養《りょうよう》しておられた二ヶ月の間、実はひそかに出奔《しゅっぽん》して、それが未遂《みすい》に終わったために出仕なさったのではないかという話もあるのですよ」

ミレーユは、さも驚いたという顔をした。

「ええっ！　みなさん優《やさ》しい言葉をかけてくださったのに、陰《かげ》ではそんなことをおっしゃってるんですか？」

　うっと言葉に詰《つ》まった相手に、さらに言い募《つの》る。

「悲しいな……。心配していただいて感激していたのに」

「い、いや」

「頭を打って記憶喪失《きおくそうしつ》になるような間抜《まぬ》けな男に、そんな難しいことができるわけないじゃありませんか。みなさん、わたしを買いかぶりすぎです」

　買いかぶってなどいない、と一同はそろって同じ顔つきになる。ミレーユはふきだしそうになるのをなんとか堪《こら》えた。

　と、それまで黙っていたリヒャルトがおもむろに口をひらいた。

「伯、そろそろ。白百合《しらゆり》の宮で殿下《でんか》がお待ちです」

「え？　あ、ああそうだった」

　そんな予定は聞いていないと思ったが、出まかせだとすぐに気づいてうなずく。

「もうかね。もう少しいいじゃないか」

「申しわけありませんが、伯も少しお疲《つか》れのようですので」

　制された男はむっとして眉《まゆ》をよせたが、ふいに薄笑《うすわら》いをうかべてリヒャルトを見た。

「ラドフォード卿《きょう》、祖父上はご息災かね」

「はい。おかげさまで、あちこち飛び回っています」

「そうだろうね。いや、さすがは希代の大実業家だ」

ミレーユはちらりと彼を見やった。言い回しに妙《みょう》にトゲがあったように感じたのだ。しかしリヒャルトは気づいた様子もなくにこやかに応じている。

(気のせいかしら)

ミレーユは内心首をかしげた。

ようやく解放されてふたりきりになると、リヒャルトは感心したように言った。

「大船に乗ったつもりというのは本当でしたね。まるきり本人みたいでしたよ」

「そーお？　自分でもちょっとびっくりしてるのよね。たぶんフレッドならこう返すだろうなって思ったら、自然にああなっちゃったの」

普段《ふだん》のふたりはまったく正反対の性格をしている。直情型のミレーユと違って、フレッドはあっけらかんとしているようで意外に本心を見せない。外見はともかく中身が似ていると言われたことは一度もなかった。

だから余計に、フレッドとして貴族たちに堂々と対峙《たいじ》できたことが大きな自信になった。ちょっとやそっとのことではもう度胆《どぎも》を抜かれることはない。

……はずだった。

それからしばらく後、ミレーユは白百合の宮にいた。

怖《こわ》いのでなるべくならもう近づきたくなかったのだが、荒《あ》れ果《は》てた部屋を近衛《このえ》の者たちや侍《じ》女《じょ》らが片付けているところだとリヒャルトに聞いたらそうも言っていられなくなった。

故意でないとはいえ、あの嵐《あらし》はミレーユの一言がそもそもの原因である。その張本人でありながら知らん顔をしているわけにもいかない。

途中《とちゅう》でリヒャルトは王太子の使者に呼ばれて出ていってしまったが、ミレーユはそのまま残り、侍女らとともにせっせと掃除《そうじ》にはげんでいた。

「フレデリックさま、もう記憶《きおく》は戻られたのですか？」

侍女のひとりが親しげに質問してきて、ミレーユはあいまいに笑った。

「いや、まだ全然」

「お気の毒ですわ」

彼女は顔をくもらせ、気遣《きづか》うように見舞いをのべた。底意地の悪い貴族たちと違って本心から心配してくれているようだ。おそらくフレッドの親衛隊もどきなのだろう。

「リディエンヌさまのことも心配ですわね。もうアルテマリスには行きたくないとおっしゃっておられるのでしょう？　あんなおそろしい目にお遭《あ》いになったのですもの、それも無理はありませんけれど。犯人もつかまっていませんし……」

「犯人？」

聞きとがめると、不安そうにしていた彼女は重々しくうなずいた。

「ええ。あの火事を起こした犯人です」

「失火じゃなかったの？」

二ヶ月前といえば真冬だし、火の不始末が原因だとばかり思っていた。

侍女は声をひそめ、ぐっと顔をよせてささやいた。

「放火ですって。だれかが火をつけたんですわ」

「放火……」

初耳だった。王城で放火とはただごとではない。深刻な顔になるミレーユに、侍女は真剣《しんけん》な目でうなずく。

「リディエンヌさまは薬を盛られて眠《ねむ》らされていらしたそうじゃありませんか。もうお身体のほうは回復なさったのでしょうかしら。聞いていらっしゃいます？」

ミレーユは瞠目《どうもく》して彼女を見た。——そんな話は、聞いていない。

その視線を誤解したのか、侍女は少しばつが悪そうに言い訳した。

「みんな噂してますわ。王太子殿下のご結婚《けっこん》に反対する方が、リディエンヌさまを、その……」

さすがに言いよどんだとき、「こら！」と険《けわ》しい声がふってきた。

「余計なことをいうなよ。それでなくてもフレッドは大変な目にあってるんだ。これ以上負担をかけるような真似してどうする」

きびしくたしなめたのは蜂蜜《はちみつ》色の髪《かみ》をした少年だった。よく見れば、昨日親衛隊から助けてくれた彼である。

「……ったく、どうして女ってのはああ噂《うわさ》好きなんだか」

そそくさと逃《に》げていった侍女の後ろ姿に悪態をついた彼は、ミレーユをふりかえると人懐《ひとなつ》こい笑《え》みをうかべた。

「ひさしぶり。元気そうじゃん」

「うん……。あ、昨日はありがとう。助かったよ、ゲイル」

たしかそんな名前だったなと思い出しながら言うと、彼は軽く目を見開き、冷やかすような顔になった。

「あれぇ？　団長さん、頭ぶつけて記憶なくしてるんじゃなかったっけ？」

「なくしてるけど、名前だけはリヒャルトが教えてくれたから」

「ああ、リヒャルトがね。そっか」

納得《なっとく》したようにうなずくと、彼はにこやかな表情に戻ってつづけた。

「一応自分の口からも名乗っとくよ。俺は第二分隊のゲイル。十九歳。よろしく」

おどけて手を差し出す仕草も、その顔立ちや表情も、リヒャルトと同い年にはとても見えない。やんちゃな少年といった感じだ。

近衛騎士《きし》団には四つの分隊があり、フレッドはその全体の団長と第一分隊の隊長を兼任《けんにん》している。昨日サロンにいたセオラスたちは第一分隊で、フレッド直属の機動部隊らしい。

ちなみに今この部屋を掃除しているのは第二分隊の者たちであり、セオラスたちは別の任務に出ているということだった。といっても、勤務中にひまを持て余して腹筋大会などやっている彼らのことだから、本当に任務かどうかはあやしいところだ。

「ゲイルって、リゼランドふうの名前だね」

アルテマリスの読みではない。何気なく口にすると彼は怪訝《けげん》な顔をした。

「なに、やっぱ覚えてんじゃん。そうだよ、リゼランド人だから」

「そうなの？」

「ああ。花の都サンジェルヴェの出身」

同郷だ。ただそれだけでミレーユはうれしくなり、あらためて彼を見つめた。そしてふと気がついた。

(このひと、ちょっとフレッドに似てるかも……)

姿かたちはともかく、表情や物腰《ものごし》のやわらかい感じ——人当たりの良さというのだろうか、こちらを安心させるような雰囲気《ふんいき》は兄と共通するものがある。……性格は彼のほうが数段よさそうだが。

思えばこの王宮で出会った人々は、意地悪そうだったり暑苦しかったりで、彼のような人は他にいなかった。話しやすいし、昨日助けてくれたことを考えると悪い人ではないだろう。少なくともいきなり裸《はだか》で抱《だ》きついたりはしなさそうだ。

「でも、リゼランド人なのにアルテマリスの騎士をやってるなんて、めずらしいね。どうして？」

ふつうは母国の王家に仕えるものではないのだろうか。そのあたりの事情は庶民《しょみん》のミレーユにはわからないが。

「めずらしいかー？　数は多くないけど、そういうやつ他にもいるぞ」

「ふーん……」

「なんだよ急に。あらためて身上調査？」

「あ、ごめん」

込み入ったことを詮索《せんさく》して嫌《きら》われてしまっては困る。一番訊《き》きたいことは他《ほか》にあるのだ。

ミレーユは思わず居ずまいを正し、すこし声をひそめた。

「さっきの話だけど……ほんとうなの？　リディエンヌさまに、その……」

どう言えばよいかわからず言いよどむと、ゲイルは真顔になってじっと見つめ返してきた。

しばらく無言でそうしてから、「ほんとに覚えてないんだな」とぽつりと言った。

「まあ、そういうことらしいぜ。侯爵令嬢《こうしゃくれいじょう》は薬で眠らされて、その間に東の塔《とう》に火をかけられたらしい。で、何も知らなかった令嬢は怯《おび》えて実家に帰っちまったと。そういうわけ」

「え、ちょっと待って。薬を飲まされたとか、どうしてわかったの？　リディエンヌさまは知らなかったんだよね？」

ゲイルは呆《あき》れたような顔をした。

「おいおい、おまえが言いだしたんだろ。出火の原因が放火で、令嬢は薬を盛られてたって。療養《りょうよう》に入る前に報告書出したんだろ。それも忘れたのかよ」

「え……だって……」

フレッドはリディエンヌ救出の際に負った怪我《けが》がもとで一時的に記憶《きおく》を失ったはずである。それにもかかわらず事件を調査して報告書を出したというのか？

（それって、変じゃない……？）

恋人《こいびと》のために身体を張ったほどだからそれくらい意地でやってしまえるものなのかもしれないが、それにしても何かひっかかる。リヒャルトあたりが手伝ったりしたのだろうか。

「悪い、ちょっと言い方きつかったな。――なあ、気にすんなよ。これで結婚が延びようがなくなろうが、別におまえの責任じゃねえだろ。きっと令嬢もそのうち戻ってくるって。な、気をしっかりもてよ！」

黙《だま》りこんだのを誤解したのかゲイルはあわてたようになぐさめてくれたが、ミレーユはそれどころではなかった。

――結婚《けっこん》が延びようがなくなろうが。

火事があったのは二ヶ月前。そしてフレッドからあの手紙が届いたのも同じころだ。

（……まさか……）

血の気が引くのを感じながら、ミレーユは口元を覆《おお》った。

まさか兄はほんとうに、悪魔《あくま》に魂《たましい》を売ってしまったのだろうか。

扉《とびら》の隙間《すきま》からおそるおそる中をうかがって、ミレーユはほっと息をはきだした。

「だれもいない……」

白百合《しらゆり》の間は、しんと静まり返っていた。騎士たちは皆《みな》まだ任務中らしい。

暖炉《だんろ》と大理石の大卓と、椅子《いす》が十脚《きゃく》ばかりあるだけのさっぱりとした室内で、腰《こし》をおろしたミレーユは深々とため息をついた。

ゲイルの話はひどく衝撃《しょうげき》的だった。

たしかに、王宮で火事さわぎが起これば——ましてや王太子妃《ひ》となる令嬢の住居が被害《ひがい》に遭《あ》えば、披露宴《ひろうえん》は当然延期される。薬を盛られたことを知ったリディエンヌが、おびえて母国へ帰ってしまうのも無理のないことだ。

そうして『自由』の身になった彼女を連れ出すのは、そう難しいことではないだろう。彼女が協力的であったのなら、なおさらに。

王宮での火事、記憶を失ったフレッド、彼が出したという報告書、母国へ帰ったままのリディエンヌ。

なにか不自然な一連の流れのすべてが、王太子から彼女を奪《うば》うためにフレッドが仕組んだ芝《しば》居《い》だったとしたら。

(つじつまが合うような気がする……)

だがそう思う一方で、いくら恋《こい》に狂《くる》ったからとはいえ、あのフレッドが王宮に放火するということがどうしても想像できないのも事実だ。

仮に芝居だったとしても、炎《ほのお》の中に飛び込んで救出にいくほど愛する人を、故意にそんな危険にさらすような真似《まね》ができるものなのだろうか。ましてやリディエンヌは薬で眠らされていたという。駆《か》け落ちするためとはいえ、そこまで周到《しゅうとう》で冷淡《れいたん》な策を弄《ろう》するとは思えない。

(……そうよ。あの子、バカだし腹黒いけど、そんな外道《げどう》じゃないわ)

なにか裏に事情があるのだ。きっとそうに違《ちが》いない。

「ごめんね、フレッド……」

自分だけはいつも味方でいようと思っていたはずなのに。なんという恐《おそ》ろしいことを考えてしまったのだろう。

一瞬《いっしゅん》でも妙《みょう》な疑いをもってしまったことが申しわけなくて、思わずつぶやいたときだった。

「何をあやまっているんだ?」

突然《とつぜん》後ろから声をかけられ、ミレーユはびくりとしてふりかえった。いつからそこにいたのか、開いた扉によりかかるようにして金髪《きんぱつ》の青年が立っている。背の高い、見知らぬ青年だ。いや、それよりも。

(だれ? すごい、美形……!)

王宮で見かけた誰《だれ》よりも、彼は美しく華《はな》やかな姿をしていた。花が咲きほこるような、という表現が男性でありながらぴたりと当てはまる。それも、真紅《しんく》の薔薇《ばら》の花だ。

あまりの美男子ぶりにただただぽかんとして見入っていると、彼はにこやかに手をあげた。

「やあ、フレデリック」

「や……やあ」

フレッドの知り合いらしい。だが雰囲気《ふんいき》からして白百合騎士《きし》団の者ではないようだ。

ミレーユが焦《あせ》りながら言葉をさがしていると、青年は心得たようにうなずき、扉をしめて入ってきた。

「ああ、わかっている。記憶を失くしたのだったな。どうせ私のことも覚えていないのだろう?」

翠色《みどりいろ》の瞳《ひとみ》をほそめてミレーユを見つめる。軽くなじるような、それでいておもしろがっているような声だった。

「ジークだ。きみとはずいぶん親しくしていたのだが、忘れてしまったか」

「……ごめんなさい」

ジークと名乗った彼は少し笑った。

「いいさ、仕方がない。──それより……」

隣《となり》に腰かけると慣れた様子でミレーユの肩《かた》に手を回し、耳元にささやく。

「やっと会えてうれしいよ。この二ヶ月、きみを想《おも》わない日はなかった」

いきなり頰《ほお》にふれられて、ミレーユはぎょっとした。

とても心配してくれていたようだが、この態度はいささか親愛の情が過剰《かじよう》ではなかろうか。それとも貴族間の友情とは、存外暑苦しいものなのか。

思わず身を引きながら見上げると、ジークはじっと見つめたまま詰《つ》め寄《よ》ってきた。いやに熱っぽく、どこか妖《あや》しいまなざしをしている。

「ひさしぶりに……しようか」

「へっ？　す、するって、なにを？」

「決まっているだろう。いつもの、アレだよ」

「あ、あれってっ」

「意地悪だな。きみはいつもそうやって私を焦《じ》らす。私がこんなにも求めているのを知っているくせに……」

言いながらじりじりと迫《せま》ってくるが、言われたほうはまったくわけがわからない。

(な、なんなのこの人……いったい何の話してんの?)

何だかヤバそうな人である。逃《に》げたほうが良さそうだ。

身の危険を感じたミレーユはパッと彼に背をむけた。だが一瞬早くのびてきた腕《うで》が、逃げ出しそうな身体《からだ》をすかさずつかまえて強引《ごういん》に抱《だ》き寄せた。

「何をこわがることがある……」

ぎゃっ、と飛び上がりそうになるミレーユを腕の中にとじこめて、ジークは甘くささやいた。

「まさか、私ときみが恋人同士だということまで忘れたわけじゃないだろう……?」

ミレーユはぴたりと動きを止めた。それから目をむいて彼を見上げた。

(はあぁぁ!?)

恋人というのは、世間一般《いっぱん》でいわれているところのあの恋人だろうか。他に知らないのだが。

(け、けど、お、お、男同士じゃないっ!!)

ミレーユの常識では恋に落ちるのは男と女のはずである。現にフレッドはリディエンヌと駆け落ちしているではないか。

混乱する隙《すき》をつかれ、ジークの指があごにかかる。彼の明るい翠の瞳に、ひきつった自分の顔が映った。

「きみはだれからも愛されているし、私の他にもたくさん恋人《こいびと》がいるのは知っている。だが、きみが一番愛しているのは私のはずだ。そうだろう?」

「あ、あ、あのっ」

「覚えていないとは言わせないぞ。あのとき誓《ちか》った言葉……ふたりだけの秘密の夜、私の腕の中で熱いくちづけをかわしたとき……」

ガ――――ン！　という音が頭の中に響《ひび》きわたる。ミレーユは目の前が真っ白になった。

（フレッドに男の恋人が……しかもけっこう深い仲っぽい……他にもたくさん恋人がいるって……）

自信家でお調子者だがそれなりに爽《さわ》やかだった兄――その虚像《きよぞう》が今、がらがらと崩《くず》れ去った。

あまりのショックに目の焦点《しょうてん》も合わず呆《ほう》けてしまったミレーユを見て、ジークは満足気にささやく。

「ようやく思い出したようだな。では愛のくちづけを……」

ガチャリ、と扉のひらく重い音が静寂《せいじゃく》をやぶった。

入ってきた人影《ひとかげ》は、抱き合っていまにも唇《くちびる》を重ねようとしている男ふたりを見て仰天《ぎょうてん》したようだった。一瞬棒をのんだように硬直《こうちょく》したが、はっと我に返るとものすごい勢いで駆け寄り、ふたりを引きはがす。

「なんだ。痛いじゃないか、乱暴な」

「あ、あなたは一体、何を！」

「なにって、挨拶だ」

ジークはけろりとして答え、つまらなそうにつけ加えた。

「せっかくふたりきりになったのに。人の恋路《こいじ》を邪魔《じゃま》するやつは馬に蹴《け》られてくたばってしまえ。なあ、リヒャルト」

「……ジーク。いったい何のつもりですか。勝手にここにきたりして、しかも……」

「ひとりぼっちでかわいそうだったから相手をつとめていただけだ。きみのほうこそ、副官でありながら持ち場を離《はな》れるとは、職務怠慢《たいまん》ではないのか」

リヒャルトは、彼にしてはめずらしくむっとした顔をした。

「……王太子殿下《でんか》のお召《め》しにて参上いたしましたが、肝心《かんじん》の殿下のお姿がどこにも見当たらなく。いままで紅薔薇の宮殿《きゅうでん》を捜索《そうさく》していたところです」

「ああ、なるほど。殿下の気まぐれにも困ったものだな。私からよくよくご注意申しあげよう」

「おねがいしますよ、ほんとうに」

まったく、と嘆息《たんそく》して、リヒャルトは背後に庇《かば》っていたミレーユをふりかえった。

魂《たましい》の抜《ぬ》けたような虚《うつ》ろな目をして、ぶつぶつと何やらつぶやいている。

「男……なんで……男同士で……」

「…………」

リヒャルトの額に汗《あせ》がうかんだ。

何があっても盾《たて》になるという彼の誓いは、はやくも挫折《ざせつ》したようだった。

第三章　伯爵と騎士と内緒話

軽い男性不信に陥《おちい》る程度の波乱をふくみつつ、ミレーユの身代わり生活は三日目を迎《むか》えた。

「あたしは悟《さと》ったの」

前日よりさらに派手さの度合いがあがった服に身をつつみ、彼女は胸に手をあてて静かにきりだした。

「この世にはいろんな形の愛がある。たとえ世間に認められない関係であろうとも、愛するということは等しく崇高《すうこう》なもの……。視野の狭《せま》いあたしはそのことをわかっていなかった。恥《は》ずかしながらまだまだ子どもだったんだわ」

「……なんの話だい？」

「けれど今はちがう！　間にあるのが真実の愛ならば、あたしはフレッドを責めたりなんかしないわ。男の身でありながら男に言い寄られていても、男同士で愛を育《はぐく》んでいても、……ていうかなんで男と……しかもあんな美形……！」

だんだん声が小さくなり、しまいにはどんよりとした表情でうなだれてしまう。いまだそれについてはショックの抜けきれないミレーユであった。

「またなにかあったのかい？」

いぶかしげなエドゥアルトに、リヒャルトは無言のまま笑顔《えがお》で頭を振《ふ》った。ジークとの騒動《そうどう》の件を話せば、今度こそ公爵《こうしやく》様は剣《けん》を片手になぐりこみをかけるだろう。それだけは何としてもさけたい。

リヒャルトはまだいろいろ訊《き》きたそうにしているエドゥアルトを笑顔でごまかすと、うちひしがれているミレーユを急《せ》かして別邸《べってい》を後にした。

「あのジークって人は、いったい何者なの？」

サロンに向かう道すがら、ミレーユはおそるおそる訊《たず》ねてみた。

王宮をうろついているくらいだから貴族の子弟には違《ちが》いない。といって騎士《きし》というふうには見えなかったのだが。

リヒャルトは曖昧《あいまい》に笑んで、ちらりと流し見た。

「気になりますか」

「そりゃなるわよ。駆け落ちした兄に別の恋人がいて、しかもそれが男だっていうんだから」

「恋人か……。たしかにフレッドはよく言い寄られたり恋文《こいぶみ》をもらったりしているようですけど、それもだいたい女性からですよ。男からというのは稀《まれ》です」

「だから、その稀少《きしょう》なひとりがあのジークって人なんでしょ？　ていうかやっぱり男にも言い寄られてるの!?　なんでそんなに男にも女にももてるのよ。あたしなんか同じ顔してるのにまったくもてないわよ？」

　腑《ふ》に落ちない。うりふたつのはずなのに、男であればもてはやされて、女の自分にはこれまで言い寄る者がひとりもいないというのは、いったいどういうことだ。

「はっ……もしかして性格に問題が？　だとしたら即刻《そっこく》改善しなくちゃならないわね。お婿《むこ》をもらって店を継《つ》がなきゃならないのに、恋人ができないんじゃまずいわ……」

「俺はかわいいと思いますけどね」

　深刻な顔でぶつぶつ言っているミレーユを眺《なが》め、リヒャルトはさらりと言った。あまりに自然すぎてミレーユは一瞬《いっしゅん》流してしまい、ぽかんとして彼を見上げる。

「ジークのことは気にしなくていいですよ。ああいう人なんです。紅薔薇《べにばら》の宮殿の人なんですが、暇《ひま》を見つけてはフレッドとふたりでああいう遊びをやっていて。昨日のもその延長でしょう。まったく、悪ふざけばかりして——」

　ため息をつきかけて、黙《だま》りこくっているミレーユに気づく。

「大丈夫《だいじょうぶ》ですか？　顔が赤いけど、もしかして熱があるんじゃ」

「えっ？　い、いえ、大丈夫、あたし平熱が高いから」

あわてて̇ごまかし、無意味にアハハと笑いながら、ミレーユはひそかに思った。

（この人……天然？）

思えば初対面のときから、胸をときめかす言葉をさらりと口にしていた気がする。それも計算ではなく、素《す》で。

ジークとは種類がちがうが、彼もかなりの男前だ。さわやかで性格もいい。彼のほうこそ、かなり女性に人気があるのではなかろうか。

（そうよ、絶対もてるわよ。こういう人にこそ実はひそかに親衛隊がいたりするのよ。それでもって、女なんか興味ないって顔してるけど、実は決まった相手が……いたりして……）

どきり、と胸が波打った。

今まで考えもしなかったが、充分《じゅうぶん》すぎるほどにありえる話だ。むしろ、ないほうがおかしい。

リヒャルトに恋人《こいびと》。──いたりするのだろうか？

はじめてそのことに気づいてミレーユは動揺《どうよう》した。そして、動揺してしまったことに驚《おどろ》いた。

（な、なにうろたえてんの。関係ないわよ。べつにリヒャルトに恋人がいようがいまいがあたしには全然──）

「……ミレーユ？」

怪訝《けげん》そうな声がふってきて、かっと頰《ほお》が熱くなる。まるで彼を意識しているみたいで、どうして急にこんな反応をしてしまうのかと自分でも混乱してしまう。

その一瞬落ちた奇妙《きみょう》な沈黙《ちんもく》に、澄《す》んだ声が割って入った。

「──ラドフォード卿《きょう》、リヒャルト様」

ふりむくと、いつからそこにいたのか若い女官が面伏《おもふ》せたまま控《ひか》えている。

「王太子殿下のお召《め》しでございます。至急、紅薔薇の宮までお越《こ》しくださいませ」

「ああ……」

リヒャルトが迷うように口ごもる。ミレーユははっと我に返った。

「じゃあ、先に戻ってるね」

「え？　いや、しかし」

「大丈夫、ひとりで戻れるから」

ミレーユはそそくさと踵《きびす》を返した。リヒャルトがなにか言ったようだったが、追いかけてはこなかった。

少しいったところでそっとふりむいてみる。女官とともに歩いていく背中を見て、むずかしい顔で首をひねった。

（あたしったら、なにをあわててるんだろ？　変なの……）

長い廊下《ろうか》を渡《わた》り終え、サロンの棟《むね》に入るころになっても、その答えは見つけられなかった。

浮《う》かない心地《ここち》で扉《とびら》を開けたミレーユは、朗《ほが》らかな声とかぐわしい香《かお》りに迎えられた。

「やあフレデリック。あいかわらず今日もかわいいな」

当然のように卓《たく》についてにこやかに手をあげたのは、件《くだん》の麗《うるわ》しい美青年——自称《じしょう》フレッドの恋人だというジークである。そして部屋中をうめつくすほどに飾《かざ》られた真紅《しんく》の薔薇の花……。

——いろんな意味で、うっと息が詰《つ》まった。

「な、なんで、ここに」

「なぜって、決まっているだろう。私にそれを言わせたいのか……？」

(ひー)

意味ありげな流し目を送られて全身に鳥肌《とりはだ》がたつ。リヒャルトは気にするなと言っていたが無理な相談だった。すでに条件反射で足が後退《こうたい》しかけている。

逃《に》げたほうがいい。本能が告げるまま踵を返そうとした時、ふいに後ろから背中を押された。

「なーにボサッとしてんだよ？——へえ、こりゃめずらしいお客さんだ」

ふしぎそうに顔をのぞきこんできた赤毛はセオラスだった。ほらほらと追いたてるようにして背中を押しながら、ジークに声をかける。

「王太子殿下《でんか》の侍従殿《じじゅうどの》は今日もお忙《いそが》しそうで結構ですねえ」

「きみたちもな」

明らかに暇をもてあましていますと言わんばかりの双方《そうほう》は、はっはっはと笑いあった。セオラスの後ろから続いて入ってきた数人も同様に、わざとらしく肩《かた》をたたきあいながら笑ってめいめいに腰《こし》かけている。

「どうした？　おまえも座れよ」

棚《たな》から酒のボトルらしいものを何本も取り出しながらセオラスが促《うなが》す。いまから酒盛りでもやるつもりらしい。こいつらは一体いつ仕事をしているのか。

説教してやろうかという衝動《しょうどう》をなんとか堪《こら》え、すこし迷ったが、ミレーユは空いた椅子《いす》に座ることにした。二人きりでなければジークとて妙《みょう》な真似《まね》はするまい。……たぶん。

「ああ、フレデリック。邪魔《じゃま》が入ってしまったがこれだけは言っておく。この薔薇はきみへのプレゼントだ。気に入ってもらえるとうれしいのだが、どうかな？」

「え。どうって……」

とりあえず目がチカチカすることは確かだが、そうもにこやかに訊《き》かれると、素直に感想をのべてよいものかどうか迷ってしまう。

こんな事態には慣れているらしいセオラスがさっそく酒瓶《さかびん》をあおりながら口をはさんだ。

「邪魔者って俺たちのことっすかね」

「ああ。そのとおりだ」

断言して、ジークはミレーユに視線をもどした。

「そういえば、リヒャルトはどうした」

「……王太子殿下の急なお呼びで」

「おやおや、またか。殿下はほんとうに彼がお気に入りでいらっしゃる」

ジークは肩をすくめて首をふったが、ふいに艶然《えんぜん》とした笑《え》みをうかべた。

「困ったひとだな……。きみがそうだから、私はまた嫉妬《しっと》しなくてはならなくなる」

「へ」

「殿下にリヒャルトをとられておもしろくない、という顔をしているぞ」

ミレーユは一瞬ぽかんとし、それからあわてて頬をなでた。じっと見つめてくるジークの見《み》透《す》かしたような瞳《ひとみ》に、動揺のあまりみるみる頬が熱くなっていく。

「ち、違《ちが》、そんなこと――」

「隠《かく》さないでくれ、フレデリック。きみは記憶《きおく》を失ってしまったのに、リヒャルトのことだけは覚えていたのだろう？　やはりきみの心には、私ではなく彼が住んでいるのか……」

自分の世界に入ってしまったのかジークは切なげに嘆息《たんそく》し、周りの騎士《きし》たちまでも冷やかすようににやにやして見ている。

本当に遊びだろうか。だとしたらかなりの演技派だ。

ミレーユは探《さぐ》るように彼を見つめたが、いきなり手をからめとられてぎょっと目をむいた。

「なにす――ぎゃっ」

すばやく指に口づけられ、悲鳴をあげて振《ふ》り払《はら》う。ジークは気分を害するでもなく、逆にな

ぜか満足げな顔をした。

「リヒャルトなんかやめて、私にしておけ。彼は野獣《やじゅう》じゃないか」

「野獣？」

愛称《あいしょう》だろうか。それにしてはあまりにリヒャルトの印象とそぐわない。

ジークはふっと笑みを浮かべた。よからぬことを思いついたような邪《よこし》まな笑みだったが、ミレーユはそれに気づかなかった。

「きみがどう思っているかは知らないが、彼は見た目通りの爽《さわ》やか青年ではない。『ブリギッタの野獣』の異名を持つ、血に飢《う》えた冷酷《れいこく》な男だ」

「血……」

あれほど『いいひと』を地でいく好青年は、なかなかいないだろうに。そう思いながらもミレーユは息をのみ、深刻な顔つきになった。それを見て隣《となり》にいたセオラスがこっそり忍《しの》び笑いをもらす。

ジークは真剣《しんけん》な眼差《まなざ》しを彼女に向けた。

「彼は人を斬《き》るのに何のためらいも抱《いだ》かない。軍属だから任務上そういう場面に出くわすこともあるが、そんなときは真っ先に剣《けん》を抜《ぬ》き、顔色も変えずに斬り捨てる。そういう非情な面を持ち合わせているのだよ」

ミレーユの背中を戦慄《せんりつ》が走った。にこやかな仮面の下にそんな素顔《すがお》があったとは。

「そしてもうひとつ！」

役者のように大げさな身振《みぶ》りで、ジークは指を突《つ》きつけた。

「彼がなにより得意とするのは女性を殺すことなのだ！『ルーヴェルンの女殺し』といえばこのあたりで知らぬ者はいない」

「女の子を殺すの⁉」

「ああ。殺して殺して殺しまくる。それも毎晩のようにな」

「毎晩！」

ミレーユはショックを受けた。虫も殺せないような顔をして、毎晩女性を手にかけているなんて信じられない。そんな人が自分の護衛だなんて！

「でっ、でもリヒャルトはそんな素振《そぶ》りなんてまったく……毎朝すっごく爽やかに挨拶《あいさつ》してくるし、とても女の子を殺してきたようには見えなかったけど……」

「彼は二重人格なのだ。昼と夜では別の顔を持っている」

「そ、そうなの？」

「そうとも。一晩に二、三人はあたりまえだ」

「ひぃッ」

ミレーユはぎゅっと目をつむった。周囲の騎士たちは必死に笑いを堪えている。ただひとりジークだけは難しい顔のまま腕《うで》を組んだ。

「彼はきみの邸《やしき》に泊《と》まることもあるのだろう？　きっとその晩は、きみの邸の女性たちが餌食《えじき》となっているのだろうな……」

「そんな！」

「それらしき物音や声をきいたことはないか？」

ミレーユはぶんぶんと頭《かぶり》を振った。もはやベルンハルト伯爵《はくしゃく》を演じていることなど雲の彼方《かなた》に飛んでいってしまっている。というかそれどころではない。血にまみれたナイフを片手に深夜の廊下《ろうか》を歩くリヒャルトを想像し、がたがた震《ふる》え出す。

「まさか……死体が見つかったなんてだれも話してなかったのに……。ていうか、なんでリヒャルトがやったってわかってるのに捕《つか》まえないの？」

「彼は頭がいい。自分の犯行だとわからないよう周到《しゅうとう》に行動している」

「でも、身の回りを調べてみれば凶器《きょうき》が出てくるんじゃ」

「凶器？——ああ、女を殺す男の武器か」

訳知り顔のジークをミレーユは不思議そうに見た。

「ジークは知ってるの？　リヒャルトがどうやって犯行を重ねているのか」

「直接見たわけではないが、まあだいたいのところは見当がつく」

「そうなの!?　それはまたどうして」

「そうだな……これは私の推測だが」

ジークは真顔のまま指をぴんと立てた。

「まず手始めに、ご婦人の部屋に忍び込む。できれば家人の寝静《ねしず》まった深夜がいいだろう。邪《じゃ》魔《ま》が入ると面倒《めんどう》だしな」

「う、うん」

「それからおもむろにベッドに潜《もぐ》り込んで、当のご婦人に愛の言葉をささやく」

「愛の言葉？」

聖書か何かだろうか。人を殺す前に神に許しを請《こ》うのか？　ちょっと疑問に思ったが、大人しく続きを聞くことにする。

「ご婦人がなびいてくればそのまま実行に移す。ただし問題は抵抗《ていこう》された場合だな。根気よく口説き落とすか、力にものを言わせるか……。個人的に後者は好まないが、リヒャルトがどうするかはさすがに私にもわからない」

「……？」

なびく、とは一体どういうことだろう。抵抗された場合、というのもよくわからない。ほとんどの人間は他人に殺されることに抵抗があると思うが。

「そしてここからが肝心《かんじん》だ。いいかフレデリック、最初につまずいては何にもならない。とにもかくにも、始まりのくちづけは情熱的かつ優《やさ》しく丁寧《ていねい》に行わなくてはならないのだ！」

力強く言い放ったジークを、ミレーユはあんぐりと口を開けて見つめた。

「くちづけって……リヒャルトは女の子を殺す前にそんなことしてるわけ？　それってなにかの儀式《ぎしき》？」

「儀式といえばいえなくもない」

「あっ、もしかして毒？　口移しに毒を含《ふく》ませるの？　でもそれじゃ一歩間違《まちが》えたらリヒャルトも危ないのに……」

危ない橋を渡《わた》るのが好きなのだろうか。――『ブリギッタの野獣』だし。

「毒か。そうだな。彼の場合、くちづけだけで殺せるかもしれないな。うぶなご婦人ならおそらく撃沈《げきちん》されてしまうに違《ちが》いない」

「うぶ？……なんかよくわかんないけど、いつも毒を使うわけじゃないんだ？　ナイフとか縄《なわ》とか、その日の気分によって使い分けてるのかな」

「器具を使用するのかどうかは知らないが、最終的には男の武器だな」

「男の武器……」

深刻な顔でくりかえしたミレーユにとうとう堪《こら》えきれなくなったのか、セオラスが勢いよくふき出した。それはすぐさまあちこちに飛び火し、部屋の中は爆笑《ばくしょう》にわきかえった。

きょとんとしてそれを見回したミレーユは、今の今まで真剣に話していたジークまでもがおかしそうに頬をゆるませていることに気がついた。

「記憶を失うというのは悲しいことだな。まさかここまでお子様に戻《もど》ってしまっているとは思わなかった」

　くっくっと肩《かた》を震わせながら意味ありげな笑《え》みをうかべる。

「そんなきみと夜を共にするのはいささか味気ない。今夜あたり、邸のメイド部屋でも訪ねてみてはどうだ？　お気に入りの娘《むすめ》の一人やふたりいるだろう。そこでいろいろと感覚を取り戻してくるといい」

「感覚……？」

「なに、心配することはない。『ルーヴェルンの女殺し』に訊《き》けば、知らないことは何でも教えてくれるさ。それこそ手取り足取りにな」

「……」

　ミレーユは黙《だま》り込んだ。なにがそんなにおかしいのか、そして彼がなにを言っているのかわけがわからず、いぶかしげに首をひねったが――。

　はた、とその『意味』に気がついた。

（なに……つまりそういう話だったってこと……？）

　みるみる顔が赤くなるのが自分でもわかった。笑い転げる彼らを見て、身体中が火を噴《ふ》きそうなほど熱くなる。

（こっ……こいつら――――ッ!!）

　全員まとめて張り倒《たお》してやりたい衝動《しょうどう》にかられ、ミレーユは拳《こぶし》を固めた。

シジスモンには、こんなふうにからかう男の子はいなかった。いつだって一番強いのはミレーユだった。自慢《じまん》じゃないが男の子に泣かされたことなんて一度もないのだ。

だから、まぶたがじわじわと熱くなるのが信じられなくて、混乱した。見られたくなくて、思わず下を向いてしまった。

（こんな話を笑って流すのも仕事なの？　最っ低。もうやだ。帰りたい）

男同士にとっては他愛《たわい》のない馬鹿《ばか》話なのかもしれない。けれどこちらはあいにく女で、それをさらりと受け流せるほど人生経験を積んでもいないのだ。

本物のフレッドなら、きっと一緒《いっしょ》になって大笑いできただろう。彼になりきる覚悟《かくご》はできていたはずだ。こんなくだらないことで挫《くじ》けてしまうのは悔《くや》しい。そう思うのに、一度こみあげたものは引っ込んではくれなかった。

うつむいたミレーユが瞳《ひとみ》を潤《うる》ませているのに気づいて、彼らは笑うのをやめた。どうする？と言いたげな視線を交《か》わし合って様子を窺《うかが》っている。

とそのとき、扉《とびら》が開いて、間の悪いことにリヒャルトが入ってきた。ジークを見て、またか、という顔をしたが、妙《みょう》な空気に気づいたのか不思議そうに足をとめる。

「やあ、『先生』のお帰りだ」

ジークが謳《うた》うように言い放ちリヒャルトに笑みを向けた。ミレーユが泣きだしそうになっているというのに、彼だけは動じた様子もない。

「リヒャルト、今夜は出かけずについていてくれないか。フレデリックがきみに教えてほしいことがあるそうだ」

ぴくっ、とミレーユの肩が反応した。不穏《ふおん》な空気を察し、一人また一人、そろそろと避難《ひなん》を始める。

「いいですよ。なんですか、フレッド」

何も知らないリヒャルトが爽《さわ》やかに微笑《ほほえ》む。それをジークは余裕《よゆう》たっぷりに制した。

「それが、ここではちょっと訊きにくいことでな」

「はあ」

「いやなに、構えることはない。『ルーヴェルンの女殺し』として少々助言をしてやれば――」

「ジーク！」

リヒャルトは慌《あわ》てて声を遮《さえぎ》った。にやりと笑ったジークに抗議《こうぎ》の視線を送り、うかがうようにミレーユを振《ふ》り返る。赤くなって俯《うつむ》いている彼女と今にも逃《に》げ出しそうな一同を見比べ、いぶかしげにジークに目線を戻した。

「どうしたんですか、これ」

「別に大したことではない。ただきみがご婦人方にいかにもてはやされているかを――」

だん、がたん、と大きな音がして、ジークは口を噤《つぐ》んだ。見れば、大理石のテーブルに拳を打ちつけて、ミレーユが椅子《いす》を蹴倒《けたお》して立ち上がったところだった。

「ミ……フレッド？」

彼女が目に涙をためていることに気づいたリヒャルトは、驚《おどろ》いて歩み寄った。そんなに痛いのならテーブルなんか叩《たた》かなきゃいいのに、などと呑気《のんき》に思いながら顔をのぞきこむ。

「大丈夫《だいじょうぶ》ですか？　ちょっと見せて——」

「さわるなっ！」

肩先《かたさき》に触《ふ》れる寸前、思いきり手を振り払《はら》われてリヒャルトは目を見開いた。ミレーユはそんな彼を見ようともせず、両の拳を固く握《にぎ》り締《し》めている。

「不潔！　リヒャルトなんか大っっ嫌《きら》い!!」

叫《さけ》ぶやいなや、そのまま横をすりぬけ、ものすごい勢いで部屋を飛び出していく。リヒャルトは呆気《あっけ》にとられてそれを見送った。

「ちょっとからかいすぎたかな……」

ジークのぼやきを耳にし、眉《まゆ》を寄せて振り返る。

「何を吹《ふ》き込んだんですか」

「えー……と」

「何で俺が、不潔だの大嫌いだの言われなきゃならないんです？」

「そう怖《こわ》い顔をするな」

ずいっと迫《せま》られて、ジークは少し慌てたように手をあげた。

「別にまずいことは言っていない。ただ、きみの異名について、少しばかり誇張《こちょう》する表現があったようななかったような」

「……ルーヴェルンの何とか、ですか」

「ああ、それだ。私はただ、きみが個性あふれる若者だと伝えたかっただけなのだ。悪気はなかった——ということにしておこう」

「一体何を言ったんですか！」

　いつもは温厚《おんこう》なリヒャルトが『ブリギッタの野獣《やじゅう》』の片鱗《へんりん》を見せたので、ジークは仕方なく白状した。


（うが————————っっっ!!）

　庭園の池のほとりにしゃがみこんで、ミレーユは手当たり次第《しだい》に芝をぶちぶちとむしりまくっていた。

（最低最低、ほんっと最低!!　男なんて大っっ嫌い！　下品！　スケベ！　バカヤロ——!!）

　めそめそしていたのはほんの短い間だけだった。ミレーユは今、猛烈《もうれつ》に怒《いか》り狂《くる》っていた。

（あ——むかつく!!　なんでこんな目にあわなきゃならないの。なんであたしが男に泣かされなきゃなんないのよ！　ちくしょ――――!!）

涙もろいのは自覚しているが、たかが男にからかわれたくらいで泣いてしまうなんて。シジスモンの鉄拳《てっけん》女王と呼ばれ、同世代の男の子たちに一目置かれる存在だと自負していたミレーユにとって、これはまさに屈辱《くつじょく》としかいいようがないことだった。一矢《いっし》報《むく》いることもできずに逃げ出したことが悔しくてたまらず、唇をかみしめる。

（どうして泣いたりしたんだろう。くやしい……）

むしる芝がなくなってしまい、仕方なく膝《ひざ》を抱《かか》えて池面を見つめる。

どれくらいの間そうしていたのだろう。背後で土をふむ音がしたような気がして、ミレーユは耳を澄《す》ませた。

空耳ではなかった。近づいてきたそれはすぐ後ろでたちどまった。

「――ミレーユ」

ごく小さな声に、一瞬《いっしゅん》、心臓が跳《は》ねる。

その名を知っているのは王宮広しといえど彼しかいない。そして、こんなときにわざわざ捜《さが》しにきてくれるのも、きっと彼だけだ。

（その名前で呼ばないって言ったくせに……）

ミレーユはすねたように内心つぶやいた。

あっさり返事をするのもなんだか癪《しゃく》だ。そっぽを向いたまま頑《がん》として答えずにいると、高い位置からため息が降ってきた。

「……謝《あやま》りますから、機嫌《きげん》直してくれませんか」

「………」

「ジークたちも悪気はなかったって言ってますし」

「………」

「あれはほんの冗談《じょうだん》というか、暇《ひま》つぶしのたわむれというか……」

ミレーユは勢いよくたちあがった。ぼそぼそと言い繕《つくろ》うリヒャルトをふりかえり、八つ当たり気味ににらむ。

「どうしてリヒャルトが謝るのよ！」

「えっ？」

「あなたは別に悪いことなんてしてないじゃない。それともなに、本当に毎晩女の子を殺してるわけ!?」

リヒャルトは一瞬言葉に詰《つ》まり、弱りきった顔で目をそらした。

「そういうこと、あまり大きな声で言わないでほしいんですけど……」

「なによ。やましいことがないんなら、はっきり言ってよ」

「ありませんよ。あるわけないでしょう。冗談じゃない」

心外だというふうに早口に言って、やるせなくため息をつく。

「あれはぜんぶジークの作り話です。信じないでください」

「嘘《うそ》。慌《あわ》ててたじゃない。ルーヴェルンの話が出たとき」

「いつもああやってからかうんですよ、ジークは。だから」

「もとになる事実があるから、からかうんじゃないの？」

「…………」

「その間《ま》はなにっ⁉」

「あ、いや、ええっと……」

急にしどろもどろになったリヒャルトの態度に、ミレーユの中でぶつんと何かが切れた。

「もういい。ついてこないで！」

ぴしゃりと言い放つなり、踵《きびす》を返して大またに歩き出す。

足音はついてこなかった。ただ細くて深いため息が沈黙《ちんもく》とともに返ってきただけだった。


おだやかな春の色彩《しきさい》があふれる庭をざくざくと進みながら、なぜこんなにも腹を立てているのだろうかと自分でふしぎになってきた。

もちろん、直接の理由はジークたちにからかわれたせいだが、ミレーユはリヒャルトに対しても苛立《いらだ》ちのようなものをおぼえていた。

彼は悪くない。暇つぶしのために下世話な話の種にされたのだからむしろ被害者《ひがいしゃ》といえる。けれどなぜだかもやもやして、おもしろくない。そしてまたしても八つ当たりしてしまった自分にも腹が立つ。

この広い王城で、唯一《ゆいいつ》味方でいてくれる人なのに。あんな態度をとってしまってきっと今ごろ怒《おこ》っているだろう。ひょっとしたら愛想をつかされたかもしれない。

「…………」

もともと浮《う》き沈《しず》みの激しい性質《たち》である。底なし沼《ぬま》に沈むような心地で、ミレーユは果てしなく落ち込んだ。

リヒャルトの言うとおり、さっきの話は作り話なのだろうと頭ではわかっている。それなのに、嫌《いや》な気分が抜《ぬ》けない。彼が女の子にちやほやされたり、特定の誰《だれ》かに寄《よ》り添《そ》ったりするのを想像するだけで、なぜだかムカムカしてしまう。

（なんなのよ一体。なんであたしはこんなに怒り狂ってるわけ？　べつにリヒャルトがどこで誰と何しようと関係ないじゃない。変な八つ当たりして、バカみたい。意味わかんないわよ）

原因不明の憂鬱《ゆううつ》をふり払いたくて、ぶんぶんと頭をふる。これ以上考えてもますます混乱しそうだ。ミレーユは雑念を忘れようとただやみくもに歩き続けた。

小路《こみち》を通って薔薇《ばら》園を抜け、古い建物のそばに出る。咲《さ》き乱《みだ》れる花の枝がからみあい、それが小さな中庭をぐるりと囲んで、明るい春色にそめていた。

たしか貴族たちのサロンが並ぶ棟《むね》――その奥にある庭だ。四阿《あずまや》で紳士《しんし》たちが歓談《かんだん》しているのを見かけたことがある。

「――まったく、お気持ちが知れぬ」

急にどこからか男の声がして、ミレーユはぎくりと立ち止まった。

そっと枝の合間からのぞいてみると、すぐそばの四阿にいくつかの人影《ひとかげ》がある。よくは見えないが身なりからしてどれも年配の男性のようだった。集まって世間話をしているところに来合わせたようだ。

「あのように得体の知れぬ者を、おそば近くにお寄せになるなど。陛下はなにを考えておいでなのか」

「オルドー伯爵《はくしゃく》、陛下を悪《あ》し様《ざま》におっしゃるのはお控《ひか》えなさいませ。お気持ちはわかりますが」

「小麦商人の伜《せがれ》ごときを騎士《きし》に叙任《じょにん》なさったばかりか、盛んにおそばへお召《め》しになる。いくら王女付きとはいえ、近衛にまでなさるなど」

「ラドフォードはよほど宮廷《きゅうてい》に寄付をしているのでしょう。金で爵位《しゃくい》を買う、卑しい商人のやりそうなことではないですか」

あざけるような悪意に満ちた声だった。首筋に氷を当てられたようにぞくりとして、ミレーユはつばをのみこんだ。

ラドフォードという姓《せい》で王女の近衛というなら彼しかいない。しかし小麦商人云々《うんぬん》というのは何のことだろう。

胸が悪くなりそうな陰口《かげぐち》は、思いがけない方向にも飛んだ。

「ラドフォードにはベルンハルト公の後ろ盾《だて》がある。それに、ほら、王女殿下《でんか》の近衛団長はベルンハルト伯《はく》でしょう。そのつながりで」

「それも気に入らぬ！　なにがベルンハルト伯だ。公爵《こうしゃく》の庶子《しょし》だと言うが、母親は下町の浮かれ女《め》だという話ではないか。庶民の出のくせに、どの面さげて伯爵などと」

どく、と胸がざわめいた。ミレーユは目を瞠《みは》って声のするほうを凝視《ぎょうし》した。

「いくら甥御《おいご》とはいえ、なぜ陛下はあのような者をかわいがっておられるのやら。母親に似たのだろうな、あの軽薄《けいはく》な調子の良さは」

「しかし人は見かけによらない。いくら奥方に御子《おこ》がないからといって、あの公爵が下町の女に子を産ませていたなんて」

「いや、あの方もおそらく騙《だま》されたのだ。世間知らずな王弟殿下に、卑し女《いやしめ》がうまく取り入ったのだろう。今ごろはどこぞでほくそえみながら悠々《ゆうゆう》と暮らしているのだろうよ……」

全身に冷や水を浴びせられたような気がして、ミレーユは立ち尽《つ》くした。

あの男たちが話しているのは両親や兄のことなのだろうか。卑しい下町の浮かれ女とは、いったい誰のことだ。店を切り盛りしながら今日まで自分を育ててくれた母のことなのか。

混乱のあまり息がつまった。

なぜこんなところで、自分の家族は陰口をたたかれているのだろう。何も知らないくせにすべて知っているかのような顔をした赤の他人が、何の権限あって悪意と嘲《あざけ》りにさらすのだろう。彼らがそれを本人の前では微笑《びしょう》に変えるのを、今のミレーユは知っている。

(これが、貴族ってやつなの)

怒りで目が回りそうだった。

ベルンハルト領にいる父はともかく、兄はいつもこの悪意にさらされながらこれまで生きてきたのか。それでも妹の前では弱音ひとつ吐《は》かず、王宮では道化のように過ごして——。

「……くそじじい……」

吐息《といき》まじりに低くつぶやき、ミレーユは奥歯をかみしめながら顔をあげた。

やっぱり自分には、兄の身代わりなんて務まりそうにない。

その代わり、兄の名誉《めいよ》はなんとしても守ってやる。

「そこのくそじじいどもっ、ふざけたことぬかすのも大概《たいがい》に——」

啖呵《たんか》を切りながら飛び出そうとした身体《からだ》に、背後からのびてきた手がすばやく巻きついた。口をふさがれ、羽交《はが》い締《じ》めのように抱《だ》きしめられる。またたく間の出来事で、ミレーユは一瞬《いっしゅん》なにが起こったのかわからなかった。

身動きができないまま目線だけで見上げると、すぐそばにリヒャルトの冷静な顔があった。

彼は、突然《とつぜん》きこえた奇声《きせい》にきょろきょろする貴族たちに無言で目を向けていたが、ミレーユの視線に気づくと表情を和《やわ》らげて自分の口元に指を立て、静かに、と唇《くちびる》を動かした。

当然、ミレーユは目をむいた。

（こうまで言われて黙《だま》ってろっていうの⁉）

冗談《じょうだん》じゃない。ここで引き下がったら女がすたる。

断固とした抗議《こうぎ》のまなざしをむけると、リヒャルトは小さく苦笑した。と思いきや、今にも怒鳴《どな》り散らしそうな口をふさいだままひょいと横抱《よこだ》きにし、ぎょっとして暴れるミレーユをものともせず踵をかえすと足早に歩きだした。

「んっ、んむーっ！」

（ちょっとどこいくのよーっ！）

必死の抵抗《ていこう》もむなしく、庭を抜けて建物に入る。見知らぬ部屋に押し込まれたところでようやく手が離《はな》れた。

自由が戻《もど》った身体を壁《かべ》で支え、激しく肩《かた》で息をしながら、彼を怒鳴りつけようとミレーユは息を吸い込んだ。とたん、

「静かに」

唇に指を当てられ、その冷たさに思わず声をのみこむ。

「――静かに、しゃべってください」

「……………できないわ」

むっつりとして言うと、彼はなだめるように微笑んだ。

「気持ちはわかります。でも――」

「なんで文句も言っちゃいけないの？　あんなこと言われて黙ってるなんてできない！」

「だめです」

リヒャルトは静かに、しかし有無《うむ》を言わせない口調で、首を横にふった。

「ベルンハルト伯爵は、たとえ目の前で侮辱《ぶじょく》されても笑って流すことができる人です。何年もそうやって彼は耐《た》えてきた。それをあなたがここでぶち壊《こわ》すわけにはいかない」

その言葉は、厳しく叱《しか》られるよりよほどぐさりと心に突《つ》き刺《さ》さった。

それも貴族流なのだろう。頭にくることがあっても、直接やり返しはしない。怒鳴ったりつかみかかったり、まともに怒りをぶつけ合うのは庶民の喧嘩《けんか》のやり方だ。

けれど、こんな煮《に》えくり返るような屈辱《くつじょく》を、我慢《がまん》しろだなんて。

ミレーユは拳《こぶし》をにぎりしめた。ぶつけようのない思いが頬《ほお》に熱をのぼらせ、悔《くや》しさが瞳《ひとみ》にこみあげる。

この気持ちに、フレッドはずっと耐えてきたのだろうか。いったい、どうやって……？

唇を引き結び、うつむいて涙《なみだ》をこらえるミレーユを、リヒャルトはそっと促《うなが》した。

「――今日はもう、帰りましょう」

背中に回された手は、どこまでも優《やさ》しかった。

「トォリャ――――――――――ッッ!!」

気合い充分《じゅうぶん》の怒声《どせい》とともに、バタンガタンとすさまじい物音が響《ひび》きわたる。

晩餐《ばんさん》後のベルンハルト公爵家別邸《べってい》、東館にある厨房《ちゅうぼう》前で、公爵と数人の使用人たちが身をすくませて中をうかがっていた。

「いったい、お嬢様《じょうさま》の身になにがあったのでしょう」

執事《しつじ》のロドルフのつぶやきに、エドゥアルトは、ううむ、とうなった。

「帰ってくるなり部屋に閉じこもって……。まあそれは昨日もその前もそうだったが、いきなり厨房を貸してくれというのはどうしたことか……」

「明日の朝焼いてくれとだけおっしゃいましたが」

寡黙《かもく》な料理番のハンスの言葉に、侍女頭《じじょがしら》のネリーが眉《まゆ》をよせる。

「焼く？　なにを？」

「おそらくパンでしょう。小麦を分けてほしいと言われました」

「なに⁉　じゃ、じゃあ、明日はミレーユの手作りパンが食べられるのかっ」

「お静かに！　お嬢様に聞こえますよ」

歓喜《かんき》に目を輝《かがや》かせる主人を、わきから諫《いさ》めるものがいる。ミレーユに見張り役を命じられた侍女のエルザだ。誰《だれ》もこないように見ていてという指示はとっくに破綻《はたん》しているものの、律儀《りちぎ》に入り口の扉《とびら》の前に立っているのである。

「しかし、なぜまた急に……」

「ふふ、あの子もいろいろと難しい年頃《としごろ》なのさ。放っておきなさい」

一度言ってみたかったせりふを吐き、エドゥアルトはご満悦《まんえつ》で使用人たちに引き返すよう促《うなが》した。娘《むすめ》手作りのパンが食べられると知ったからには、今夜は早々に床《とこ》について明朝にそなえなければならない。

一方、すぐ前の廊下《ろうか》でそんなやりとりがあったとは露知《つゆし》らず、ミレーユはパン作りに余念がなかった。

「あんっっの、ぼんくらニヤケ貴族どもが――っっ!!」

罵声《ばせい》とともに、パン生地《きじ》をたたきつける。ガタガタと台がきしみ、勢いあまって水差しや瓶《びん》が倒《たお》れたが、そんなことにかまってはいられない。

「だ、れ、が、浮かれ女ですってぇ!? いっぺんうちのママの顔拝みにきてみなさいよ! あんたらなんか一目惚《ひとめぼ》れのうえ即《そく》ふられてサヨウナラよ! いい歳して子どもの悪口を陰《かげ》でこそこそしか言えないくせに、でかい顔するなっつうのよ! ばっかみたい!!」

憎々《にくにく》しげに罵《のの し》りながら、生地をこれでもかとこねまくる。薄暗《うすぐら》い厨房にひとつだけ灯《とも》した燭《しょく》台《だい》の明かりにうかぶ影《かげ》は、なにかにとり憑《つ》かれたかのように激しく伸び縮《ちぢ》みし、照らしだされる横顔は鬼気迫《ききせま》るものがあった。

「なーにが庶民《しょみん》の出、よ。下町生まれのなにが悪いっての？　あんたらの食べるものを作ってるのはどこの誰だと思ってんのよ！　この……」

パン生地を振《ふ》り上げ、恨《うら》みをこめてさけぶ。

「くされジジイどもがあぁぁ――っ!!」

台にたたきつけた拍子《ひょうし》に、またしても騒々《そうぞう》しい音が厨房に響きわたった。

鬱憤《うっぷん》はだいぶたまっていたようだ。ジークや騎士《きし》たちにからかわれたことも相当頭にきたが、貴族たちの陰口《かげぐち》で頂点に達した。そのどちらも発散できなかったのだから尚更《なおさら》だ。

パン生地をこねて憂《う》さを晴らそうと思いついたのは別邸に帰ってきてからだった。怒《いか》りを発散させるのに、ものを壊したり破いたりなど非生産的なことはやらない主義である。こうしてパン生地に当たればきめ細かい下地ができるし焼けば美味《おい》しくてお腹《なか》も満足する。一石二鳥だ。

「ふー……」

罵詈《ばり》雑言《ぞうごん》をひととおり終えてしまうと、ミレーユは肩で息をしながら額の汗《あせ》をぬぐった。腹立ちはまだ消えないが、たまっていたものを出したせいで気持ちはすっきりしている。寝《ね》かせた生地はハンスが焼いてくれることになっているし、後は片付けをするだけだ。

いささか体力を消耗《しょうもう》しすぎてしまったようで、へなへなとその場に座り込んでしまう。すこし休んでからやろう、と髪《かみ》を覆《おお》っていたスカーフを解《ほど》いたときだった。

「ひとやすみですか」

突然、入り口のほうから声がして、ミレーユは飛び上がりそうになった。

あわてて見ると、ランプを手にした背の高い人影《ひとかげ》が入り口にもたれるようにして立っている。

「……リヒャルト？」

まさかと思いながらつぶやくと、彼はランプを少し持ち上げた。

浮かび上がった顔はいたずらっぽく微笑《ほほえ》んでいる。ミレーユは唖然《あぜん》としてそれを見上げた。

「なんで？　帰ったんじゃなかったの？」

邸《やしき》にミレーユを送り届けたあと、彼は用事があるからと言って帰っていった。今夜は泊《と》まらないと聞いていたからこそ、こうして厨房で暴れていたのだ。

リヒャルトはゆっくりと近づいてくると、ランプを足元に置いて隣《となり》に腰《こし》をおろした。

「帰ったけど、心配だったから戻ってきました」

「心配って、なにが？」

「あなたがですよ」

ミレーユは言葉につまった。あれから邸に帰りつくまでミレーユは一言も発さなかったが、彼のほうもそれは同じだったのだ。まさか気にしていたとは思わなかった。

「そうしたらなんだか厨房のほうが騒《さわ》がしいし、扉の前でエルザはうろうろしてるし……」

「べ、べつに、パンを作ってただけよ。心配してもらうほどのことでもないわ」

「そうみたいですね。ずいぶん勇ましい掛《か》け声だった。元気になったんですね」

「聞いてたの⁉」

「聞こえたんです」

苦笑《くしょう》しつつ訂正《ていせい》したリヒャルトを見て、ミレーユは頭を抱《かか》えたくなった。最悪だ。聞いているのはエルザだけだと確信していたからこそ思うぞんぶん悪態をついたのだし、怒りにまかせて口汚《くちぎたな》いことも言ったというのに。

「……いいでしょ。ここは王宮じゃないんだから、文句を言ったって」

きまり悪くてぼそぼそと言うと、笑いをこらえるような声が返ってきた。

「フレッドがうらやましいな。あなたみたいな妹がいて」

「……それは、皮肉なの？」

「本心ですよ。俺は兄弟がいないから」

ミレーユは相槌《あいづち》を打ちそこなった。そういえば彼の家族の話を一切聞いたことがない。

（——訊《き》いても、いいのかな）

昼間、中庭で耳にした不愉快《ふゆかい》な陰口のことを思い出す。

気にはなるが、口に出す勇気がなかった。きっとあの陰口は彼も聞いていただろう。ひょっとして帰り道に無言だったのも、傷ついていたからではなかろうか。

「フレッドがあなたを大好きな理由が、わかる気がするな」

屈託《くったく》のないリヒャルトのつぶやきに、悶々《もんもん》と迷っていたミレーユは目を瞠《みは》って見上げた。

「そんなこと言ったの、あの子?」

「言ってましたよ。ほぼ毎日」

ミレーユは半ばうんざりしながらため息をついた。

「あの子が好きなのは、自分と同じ顔をしたあたしなのよ。自分大好きっ子だから」

「けど、妹と両思いだとか自慢《じまん》してましたけど」

「なっ……なにそれ!? 気持ち悪い!」

「でも、あなたも相当、フレッドのことが好きでしょう?」

からかっているわけではなさそうなリヒャルトの言葉に、ミレーユは軽く抵抗《ていこう》を覚えたが、しぶしぶ白状した。

「そりゃ兄妹だし……嫌《きら》いじゃないわよ、もちろん。……ていうか、バカだけど結構すごいなって思ってる……」

へえ、とリヒャルトは楽しげにつぶやく。やっぱりおもしろがっているような気がしたが、隠《かく》すことでもないと思いミレーユはつづけた。それに彼になら話してもいいと思ったのだ。

「フレッドが養子にもらわれるって聞いたとき、あたしすごく泣いたの」

じっとランプの明かりを見つめてミレーユはつぶやくように切り出した。

「行っちゃいやだって、お兄ちゃんがかわいそうだって、わあわあ泣いた。ママもおじいちゃんも困った顔で黙《だま》ってたわ。そしたらフレッドがあたしを外に連れ出して言ったの。かわいそうなのはぼくじゃない、ママなんだ。だからママの前では泣かないであげてって」

今でもよく覚えている。あの頃《ころ》からフレッドはお調子者だったが、また一方でひどく大人びたところもあった。

「よその家にもらわれるんだから寂《さび》しいにきまってる。でもそれを口に出さずにママの心配をするなんて、お兄ちゃんはえらいなあって。子ども心に尊敬したわ。……たぶん、あの時のことが頭にしみついてるのよ。一種の刷り込みね」

まじめな顔で分析《ぶんせき》するのを眺《なが》めていたリヒャルトは、思わずのようにふきだした。

「いや、失礼。おかしくて笑ったんじゃないです。あなたがあまりにも彼の言うとおりの人だから」

どういう意味だと、ミレーユは一瞬《いっしゅん》考えた。そしてすぐさま目をむく。

「ちょっと！　まさかあなたたち、あたしを肴《さかな》にして楽しんでるんじゃないでしょうね？」

「というか一方的に聞かされているというか」

「いやー！　もう最悪！」

「なんで怒るんですか？」

「だって、どうせろくなこと聞かされてないんでしょ。五番街区の男の子全員とケンカして泣かせたとか、床下《ゆかした》の壺《つぼ》にちまちま小銭《こぜに》をためこんで毎晩寝《ね》る前にかぞえてるとか」

「…………頼《たの》もしいですね」

「…………」

その情報はどうやら知らなかったらしい。余計なことを言ってしまったとがっくり落ち込んだミレーユに、リヒャルトはあわてて取り繕《つくろ》うように言った。

「かわいい妹がいるっていうことだけですよ、聞いてるのは」

「いいのよ、いまさらなぐさめてくれなくても……」

膝《ひざ》をかかえていじけかけたミレーユは、少し黙ってから思い出したように口をひらいた。

「ねえ、そういえばリヒャルトとフレッドって、どこで仲良くなったの？」

親友だと言うが、どこでどう知り合ったのか、妹として非常に気になるところである。

急な話題の転換《てんかん》にリヒャルトは面食らった顔をしたが、すぐに表情をなごませた。

「同級だったんですよ。貴族の子弟《してい》が通う寄宿学校でね。通常の入学年齢《ねんれい》は十歳だけど、俺は十三になる前に入ったから」

「へえぇ。じゃあ、席が隣同士《となりどうし》とか、部屋が同室とか、そんな感じ？」

ミレーユも街の学校に通ったことがある。読み書きや計算、歴史などを教わるだけの初等学校だが、毎日わいわいと賑《にぎ》やかで楽しかったことをよく覚えている。

「最初は違《ちが》ったんですけどね。彼は公爵《こうしゃく》令息で国王陛下の甥君《おいぎみ》、俺は成金と陰口《かげぐち》をたたかれている商人あがりの男爵《だんしゃく》の孫。同級生でも身分がちがったから」

　さばさばとした口調に、ミレーユは驚《おどろ》く機会をのがしてしまった。

「成金……って」

「一代で財を成した有名な実業家を、貴族の方々はそう呼ぶらしい。親の代に限らず、子どもたちもね。で、俺はそれを理由にいじめられていて」

「いじめ？　リヒャルトが？」

　想像がつかない。唖然としていると、彼はさらに衝撃《しょうげき》的なことを言った。

「毎日ねちねちとやられて、それでも祖父のためだと我慢《がまん》していたけど、ある日とうとう堪《こら》えきれなくなって暴力沙汰《ぼうりょくざた》を起こしてしまったんです。どこだかの伯爵《はくしゃく》の息子《むすこ》を殴《なぐ》って怪我《けが》をさせてしまって。子どもだったし、それまでの育ちが特殊《とくしゅ》だったせいもあって、彼らをうまくあしらうことができなかった」

「特殊……？」

　淡々《たんたん》とした横顔が、ふと翳《かげ》りをおびた。だがミレーユが問いかけたときにはもう、彼は微笑をうかべていた。

「俺は十二になるまでシアランで育ったんです。両親を一度に亡《な》くして、歳の離《はな》れた妹とふたりきりで途方《とほう》に暮れているところに、ラドフォード男爵が迎《むか》えをよこしてくれた。母が男爵の家出した一人娘《ひとりむすめ》だったとかで、孫の俺たちを引き取りたいってね。それでアルテマリスへ来たんです」

だから貴族の子どもとは根本的に合わなかったのだと、リヒャルトは笑った。ミレーユは何と言っていいのかわからなかった。安易に同情ぶった言葉をかけるのがためらわれて、ただ黙りこむことしかできなかった。

気にした様子もなく、リヒャルトは話をつづけた。その諍《いさか》いを仲裁《ちゅうさい》したのがフレッドであったこと。相手に怪我をさせたのに何の咎《とが》めもなかったばかりか、フレッドと同室になるよう教師に言われたこと。彼が公爵の息子と知って反発を覚えたものの、生《お》い立ちを告白されて親近感がわき、心をゆるすきっかけになったこと。

「――似たような境遇《きょうぐう》だと知ったら反発心なんか飛んでいってしまった。俺を同室にしたのをふしぎに思っていたけど、まあ、彼も貴族社会の中でつらかったんでしょう。部屋にいるときは互《たが》いにただの子どもでいてよかったから楽でしたよ。傷の舐《な》めあいみたいな関係だったな、最初のうちは」

なつかしそうに目を細め、黙って聞いているミレーユを見る。

「フレッドの二つ目の名前を知ってますか？」

「二つ目の？」

「たいがい貴族の子は名前をふたつ持っているんです。彼にもリヒトクライスという、エドゥアルト様がお付けになった名があります。フレデリック・リヒトクライス」

「リヒト……」

「古アルテマリス語で、『光の輪』という意味です」

ランスロットの大陸統一で共通言語が生まれてからは、各国の言語は強制的に排除《はいじょ》された。しかし今でもほとんどの人びとは、母国の古い言語をもとに子に名を与《あた》えるのがふつうである。

「俺も昔は——祖父に引き取られるまでは、リヒトと呼ばれていました。母が遺《のこ》してくれた唯《ゆい》一《いっ》のものがその名だった。だからフレッドの名と同じだと知ったとき、無条件で彼のことが好きになってしまったんです。単純な感情からなんですよ、つきあいの始まりは」

口調はしごく軽かったが、それが余計にミレーユの胸を打った。彼とフレッドの間には強い結びつきがあるのだと見せ付けられた気がした。

きっとそこにはだれも入り込めないのだ。兄のことを語るリヒャルトのまなざしには、そう思わせるだけの説得力があった。

そう、と相槌《あいづち》を打ったきり、しばらくは何も言えなかった。口を開いたのは、彼の話に矛盾《むじゅん》があることに気づいたからだった。

「妹さんがいるのよね。さっき、兄弟はいないって言ったのに」

「ああ、妹は一緒《いっしょ》に住んでないんですよ。別の家に養女に出されたから」

あっさり言われて、ミレーユは戸惑《とまど》った。

「え……なんで？」

「大人の事情ってやつかな。あちらの家で大事にされているようだから、べつに心配はしてませんけどね」

いつものように微笑《びしょう》するリヒャルトを、ミレーユはじっと見つめた。

「でも、妹がいてうらやましいって、あなたさっき言ったわ。本当は妹さんのこと、すごく気にかけてるんじゃない？　そんなことまで無理しなくても、いいと思うわ」

虚《きょ》を衝《つ》かれたようにリヒャルトは笑《え》みを消した。

きっと彼も貴族社会になじもうと必死だったのだろう。悪意を笑顔でかわす術を身につけるにつれ、本心から目をそむけることまで覚えてしまったのではないだろうか。優《やさ》しすぎて、何があっても自分を殺してしまうような癖《くせ》がついてしまったのではないだろうか。

どんなに嫌《いや》なことや辛《つら》いことがあったとしても、笑顔ですべてを押し隠す。そんなのはやっぱり、悲しいと思う。

「泣きたいときには、泣いたほうがいいわよ。我慢しすぎるの、身体《からだ》によくないと思うし。無理しちゃだめよ。泣くのが嫌なら、あたしみたいに暴れるっていう手もあるし、とっ、とにかく、無理は、しないで……」

なんとか気の利《き》いたことを言いたいのに、なにを言っているかわからなくなってきたうえに、なんだか視界がぼやけてきた。

まずい、と思った瞬間《しゅんかん》だった。ぼろぼろっと涙《なみだ》がこぼれて、ミレーユはぎょっとした。

急いでぬぐったが、とめようと思えば思うほどあとからあとからあふれ出てくる。

なんてかっこ悪いんだろう。こんな顔は見られたくない。

(励《はげ》ます側が泣いてどうすんのよ、もうっ、なんで止まんないのっ)

あせるあまり自分に腹が立ってきたとき、ふいに手をつかまれた。

驚いて顔をあげると、ランプの灯《あか》りを宿したリヒャルトの瞳《ひとみ》が、ふしぎな色をうかべて見つめていた。彼はおもむろに手をはなすと、ミレーユのぬれた頬《ほお》をそっとなでた。

「——ありがとう」

静かなつぶやきに、ミレーユは目を見開いて頭をふった。リヒャルトは少し間を置いて、思い出したようにつづけた。

「そういえば、以前にも同じことを言ってくれた人がいたな」

「……恋人《こいびと》？」

おそるおそる窺《うかが》う視線に、リヒャルトは、いや、とやさしく微笑した。

「あなたのお兄さんですよ」


翌日、白百合《しらゆり》の宮の清掃《せいそう》活動は、第一、第二両分隊が総力をあげたおかげで、だいぶ元の姿を取り戻しつつあった。

午前の作業を終えて昼の休憩《きゅうけい》時間になると、演習場で一緒に汗《あせ》を流そうというセオラスやゲイルたちの誘《さそ》いを丁重《ていちょう》にお断りして、ミレーユは回廊《かいろう》をサロンへと向かった。

リヒャルトはまたも王太子に呼び出されたが、もう戻っているはずだ。どうせ休憩時間をすごすなら筋肉の集団とではなく爽《さわ》やかな男前のほうを選びたいのは当然の乙女心《おとめごころ》である。

実は、ハンスが朝一番で焼いてくれた涙と怨念《おんねん》のこもったパンを休憩時間に食べようと持ってきているのだ。できればリヒャルトに食べてもらい、批評をしてもらおうという魂胆《こんたん》である。

当てにしていたエドゥアルトは一口かじった直後なぜか悶絶《もんぜつ》してしまったため、残念ながら感想をきくことができなかった。いやに早起きしてうれしそうに焼きあがるのを待っていたのに、なにか悪いものでも食べたのだろうか。使用人たちもおびえた様子で遠巻きにしているし、なんだか今朝は変な感じだった。

(まあいいか。リヒャルトならきっと率直《そっちょく》な意見を言ってくれるだろうし。次こそシジスモンの時代を変える新作を売り出してみせるわ!)

熱い決意を胸にサロンまでやってきたミレーユは、ふとジークの声が聞こえた気がして反射的に足をとめた。見ると、扉《とびら》がわずかに開いている。

(あの男……また遊びにきてるのね。なんて暇人《ひまじん》かしら。仕事しろってのよ)

昨日のことを思い出し、内心毒づきながら扉に耳をよせる。

「——大したものじゃないか。いきなり放り込まれて、物怖《ものお》じもしない。感心したよ」

楽しげに笑う声はやはりジークのものだった。ミレーユはげんなりと眉《まゆ》をよせ、そっと後退《あとずさ》った。やつがいるなら、この部屋に用はない。

「そうお思いなら、これ以上からかうのはやめてください。かわいそうじゃないですか」

応じたのがリヒャルトの声だったので、ミレーユは思わず足をとめた。そのまま元の位置にもどって耳を澄《す》ます。何の話をしているのだろうと、ごくごく単純な野次馬的好奇《こうき》心だった。

「まだ怒《おこ》っているのか？　泣かせたことはあやまっただろう。きみも意外と根にもつ男だな」

「当たり前です。彼女はまだ十六ですよ。フレッドと同じように接してもらっては困ります」

「仕方がないだろう。同じ顔をしているのにこちらは女だと聞けば、ついつい構いたくなるのが男心というものだ」

「ですからそれをやめてくださいと……」

リヒャルトの呆《あき》れまじりの苦情が、ミレーユの耳を素通《すどお》りしていった。

自分のことを話しているらしいというのはなんとなくわかったのだが、しかし。

（あたしが身代わりだってことを、ジークは知ってる……？）

彼もリヒャルトも、ミレーユを女だと前提したうえで会話している。それも、昨日今日知ったという口ぶりではなかった。

（なんで知ってるの？　それって秘密じゃなかったの？）

フレッドが駆《か》け落ちしたことを知っているのは、部下の中ではリヒャルトだけだという話だった。だからこそ彼はミレーユの護衛役となって、常にそばで守ると言ってくれたのだ。

なのになぜ、他の者の前で当然のように口に出しているのだろう。

わけがわからず戸惑っている耳に、ジークの冷やかすような声が入ってくる。

「随分《ずいぶん》とあの子を気に入っているようじゃないか。さしものきみも、あのちょこまかとしたかわいらしさに情が移ったのか？」

「そういうことではなく、俺には責任があるんです。彼女を守ると引き受けた以上なおざりにはできません」

「本当にそれだけかな」

「……は？」

「自分でも気がついていないだけで、特別な感情があるのではないか？　年頃《としごろ》の男女が十日以上もくっついているのに甘酸《あまず》っぱい想《おも》いのひとつもないなど、私には信じられないが」

リヒャルトの返事はない。思わぬ展開にどきどきしながらミレーユはさらに耳をそばだてた。

しかし、次に聞こえたのは、予想外の言葉だった。

「何もありませんよ。俺は任務を遂行《すいこう》することしか考えていません」

ひどく面倒《めんどう》くさそうな声が、素《そ》っ気《け》なく吐《は》き出される。

「早く終わって通常任務に戻りたいですよ。こういうのは性《しょう》に合わない」

ため息まじりのその言葉に、一瞬《いっしゅん》ミレーユは息がとまった。

周りから音が消え去ったような中、どくどくと激しい鼓動《こどう》だけが耳にひびく。

(……うそ……)

胸がこわれるかと思うくらいに息苦しかった。

うぬぼれではなく、少しは好かれているような気がしていた。親しくしていたつもりだった。いつだって、彼はとてもやさしかった。

なのに本心では、ミレーユの護衛を嫌々《いやいや》ながら務めていたというのか。──笑顔もやさしい言葉もすべて、嘘《うそ》だったのか。

ミレーユは立ち尽《つ》くした。彼の言葉が頭の中をぐるぐる回り、動くことができなかった。

つまらないな、とジークがこぼし、椅子《いす》のきしむ音が続く。

「まあ、恋愛《れんあい》どころではないのはたしかだな。ナターシャが消えてから、もう二週間以上か」

「いったいどこに行ったのか……。俺も捜《さが》しに行きたいですよ。こんなことをしているより、そのほうがよっぽど精神的に楽なんですが」

リヒャルトは不満そうにため息をつく。

「餌《えさ》をぶらさげておくのが、そんなに気に食わないか？」

「当然でしょう。──いえ、殿下《でんか》のお気持ちはわかりますが、ナターシャの行方《ゆくえ》さえつかめればこんな……」

ふいに話し声がやんだ。

ミレーユはその場に立ちすくみ、じっと扉を凝視《ぎょうし》したまま身じろぎもしなかった。ナターシャというのは誰《だれ》だろう。なにか理由があってどこかへ行ってしまったようだが——彼の特別なひとなのだろうか。

(きっと、そうなんだ……)

彼女を捜しにいきたいのにミレーユの護衛などを押し付けられて、リヒャルトは迷惑《めいわく》がっているのだ。だから——。

いきなり、目の前で扉がひらいた。

その唐突《とうとつ》さと鋭《するど》さにびくりと身をすくませたミレーユは、すばやく立ちふさがった人影《ひとかげ》を見て、そのまま硬直《こうちょく》した。

研《と》ぎ澄まされた刃《やいば》のように冷ややかで、容赦《ようしゃ》のない鋭敏《えいびん》なまなざし——それまで見たことのない表情をしたリヒャルトがそこにいた。抑《おさ》えてはいたものの、その瞳にはまぎれもない殺気が宿っている。

だがその表情はすぐさま驚《おどろ》きの中にかき消えた。凍《こお》りついて棒立ちになっているミレーユを見て、意外そうに目を見開く。

「——どうしたんです?」

軽く辺りを見やってから、リヒャルトはいつもの顔にもどって言った。ミレーユの顔色に気づいたのか気遣《きづか》わしげに眉をよせる。

「なにかあったんですか？　またセオラスたちがなにか……」

ミレーユは無言で頭《かぶり》をふった。やさしい言葉も、いまは素直に聞くことができない。

「だけど顔色が……具合が悪いんじゃ？」

「……」

のぞきこんでくる視線をさけるように横を向くと、サロンの中にいたジークと目が合った。すかさずにこやかに手をふってくるのを見て、急に反発心のようなものがこみあげる。

こっちだって好きで身代わりになったわけではない。無理やり連れてこられて男装までさせられているのだ。それなのに一方的に迷惑がって、親切な表向きとはうらはらに、結局は騙《だま》していたのではないか。

「……ナターシャって、だれ」

どうせ嫌《いや》がられているのだ、訊《き》きたいことは訊いてやれ。そんな思いで口にだすと、リヒャルトは明らかに動揺《どうよう》したように息をのんだ。

「聞いて……」

「教えてくれないの。言えない理由でもあるわけ？」

「……」

「かくすことないじゃない。それを知られるのも迷惑なの？」

強気な言葉とうらはらに、声がすこしふるえる。こんなときに涙を見せるのは悔《くや》しい。懸命《けんめい》に奥歯をかみしめてこらえる。

リヒャルトは困惑《こんわく》と狼狽《ろうばい》のまざった顔をして黙《だま》っていたが、やがてためらいをふりきるように口をひらいた。

「知る必要ありません」

「どうして？」

「……あなたには関係のないことだから」

ミレーユは深く息をはき、大きく吸った。

「そう。わかったわ」

そこまでが限界だった。ただそれだけ言うと踵《きびす》を返し、後ろも見ずに歩き出す。

一秒でも早く、この場から逃《に》げ出したかった。

「待ちたまえ」

鋭い制止に、思わず追いかけようとしていたリヒャルトは足を止めた。

ゆったりとした靴音《くつおと》が近づいてきて、立ち尽くす彼のそばで止まる。開け放された扉《とびら》をしめ、またゆっくりと戻《もど》っていく。

「……ジーク」

「仕掛《しか》けるのにいい機会だ。泳がせよう」

「しかし！」

「もう二週間だ。これ以上ぼやぼやしているわけにはいかない」

逆らいがたいまなざしに、リヒャルトは口をつぐむ。理性ではわかっていることなのに、堪《こら》えきれない何かが拳《こぶし》を固くにぎらせた。

「連中もあせっているはずだ。隙《すき》を見せればかならず喰《く》らいつく。そこを逆に突《つ》いて追い込む。……そのための犠牲《ぎせい》の羊だろう、彼女は」

――犠牲。

その言葉がリヒャルトの心をえぐった。ジークのそれは比喩《ひゆ》だとわかってはいても、おだやかではいられない。

黙りこむ彼に、ジークは追い討ちをかけるように言い募《つの》る。

「うまくいけば、おそらく今日明日あたりにも片がつく。そうすれば通常任務に戻れるが、不満か？」

意地の悪い問いにリヒャルトは言葉につまり――ぐっと奥歯をかみしめた。

ずっと、そのことばかりを考えていた。彼女と一緒《いっしょ》にすごしたこの十余日の間、ずっと。

短い沈黙《ちんもく》の後。顔をあげた彼は、王宮騎士《きし》たる冷徹《れいてつ》な鋭さを瞳《ひとみ》に宿して答えた。

「……望むところです」


サロンを離《はな》れたはいいが、自分には他に行く場所がない。そのことに気づいたのは、だいぶ経《た》ってからだった。

身代わりのミレーユが唯一《ゆいいつ》逃げ込める避難《ひなん》場所、それが白百合《しらゆり》の間だった。他の宮殿《きゅうでん》には馴染《なじ》みがないし、ひとりで帰ろうにも帰り道や馬車の居所がわからない。そのことがますます心を落ち込ませた。

とぼとぼと回廊《かいろう》を出て庭におりると、風にのって騎士たちの声がきこえてくる。何をして遊んでいるのだろう。その喧騒《けんそう》が急になつかしくさえ思えてきた。

（……仲間にいれてもらおうかな）

ふだんなら絶対思わないようなことが浮《う》かんだのも、よほど心の痛手を感じていたせいだろう。ミレーユは立ち上がり、声のするほうへと歩きだした。

「——あれ、フレッド？」

回廊を半分ばかり戻ったところで声をかけられた。

ふりむくとゲイルが歩いてくるところだった。上着をぬぎすて、額には汗《あせ》が浮かんでいる。

「どこ行くんだよ。ひとり？」

人懐《ひとなつ》こい笑《え》みに安堵《あんど》して、ミレーユも少し口元をほころばせた。

「みんなのところに行こうと思ってたとこ。ゲイルは？」

「水飲みに行くところだよ。勝ち抜き戦の途中《とちゅう》」

「勝ち抜き戦って、何の？」

「腕立《うでた》て伏《ふ》せ」

ゲイルは二の腕の筋肉を盛り上げてみせる。あいかわらず暑苦しい遊びをしているようだと
ミレーユは思わず笑った。

「リヒャルトは、まだ戻ってないのか？」

「ううん。……サロンにいる」

「へえ……？」

声の微妙《びみょう》な異変を感じたのか、ゲイルは少しけげんそうな顔をした。それから冷やかすような目をする。

「なに、ケンカでもしたのかよ。いつも一緒のふたりが、めずらしいじゃん」

ミレーユは返事に詰《つ》まってうつむいた。ケンカ程度の話ならどんなに良かっただろう。

ゲイルは驚いたように目を瞬《またた》いた。

「え、まじで？　ほんとにケンカ？」

「そういうんじゃないけど……」

「でもしょげてるじゃん。どうしたんだよ。よかったら話聞くぜ？」

気遣うような声と表情に不覚にも泣きそうになってしまう。どうしようもなく落ち込んでいるせいで、優《やさ》しくされると心にしみた。

（……ゲイルは知ってるかしら）

なんとか涙をこらえ、彼をふりあおぐ。二週間前にいなくなったナターシャという女性。仲間の恋人《こいびと》――ではないにしろ、大切な女性ではあるだろう――が行方《ゆくえ》知れずだという話を、彼は知っているだろうか。

「あの、さ。――ナターシャって人のこと、聞いたことない？」

思い切って訊《たず》ねると、ゲイルは面食らった顔をした。

「ナターシャ……？」

「うん。二週間くらい前からいなくなったんだって。……リヒャルトの知り合いの人らしいんだけど」

素知らぬ顔で言いながらも内心はどきどきしている。わざとらしい訊《き》き方だったかもしれないと思ったが、いまさら取り消すことはできない。

ゲイルはしばし考えこむように黙っていたが、ふとつぶやいた。

「もしかして、あのナターシャかな」

「知ってるの？」

「まあ、確実じゃないけど」

曖昧《あいまい》にうなずき、親指をたてて背後を示す。

「とりあえずここじゃなんだし、あっちのサロンで話そう。俺がいつも通《かよ》ってる部屋があるんだ。今なら誰《だれ》もいないと思うし」

「うん」

ナターシャのことが聞けるのなら、どこへだってついていく。そんな心地《ここち》でミレーユはゲイルについて歩きだした。

青の宮殿の末端《まったん》にあるというその部屋は、サロン棟《とう》の一番奥にあるということだった。長い回廊に人影《ひとかげ》はなく、やわらかな木漏《こも》れ日がさしこむばかりの静寂《せいじゃく》さである。

ずいぶん歩いたなとふと思ったとき、ゲイルはふいに足をとめた。間近にあったドアを開けながらいぶかしげに振《ふ》り返る。

「でもフレッド、なんで急にそんなこと言い出したんだよ？」

ミレーユは内心あわてた。促《うなが》されるまま中に入り、しどろもどろで答える。

「べ、べつに、ちょっと聞いてみたくて。なんとなく気になったから……」

「ふーん……」

部屋の中はひんやりとしていた。ゲイルは落ち着かなく立ったままのミレーユをふりかえり、なにかを探《さぐ》るようにじっと見つめた。

「――思い出したんだ？」

「えっ？」

「それとも、記憶喪失《きおくそうしつ》なんて初めから嘘《うそ》だったとか」

まだ少年らしさの残る顔立ちに、いつもと同じようでちがう笑みが浮かぶ。

戸惑《とまど》って見つめ返したミレーユは、彼の目が笑っていないことに気がついた。

「いいよ。ナターシャに会わせてやる。いとしの恋人にもね」

え、と訊き返そうとしたとき、みぞおちにねじ込むような鈍《にぶ》い衝撃《しょうげき》を感じた。

痛みよりも驚《おどろ》きで息がつまり、目の前に幕がかかったように暗くなる。

それきり何も考えられないまま、身体《からだ》はなすすべなく分厚い絨毯《じゅうたん》の上に崩《くず》れ落ちた。

第四章　伯爵と令嬢の大脱走

気がつくと、ひどく薄暗《うすぐら》い部屋にいた。

視界がきかないうえに、すえたようないやな臭《にお》いがする。

目覚めたばかりのぼんやりする意識のまま、ミレーユは思わず顔をしかめた。

（なに……？　どこよ、ここ）

身体を起こそうとしたが、力が入らずくたりと倒《たお》れこむ。同時に腹部ににぶい痛みが走って悲鳴がもれた。

「……った……」

奥歯をかんでそれをこらえる。ようやく痛みの理由を思い出したのだ。

ナターシャのことを教えてほしいとゲイルについていき、そこで彼にみぞおちを殴《なぐ》られた。

それきり何もおぼえていない。

（なんでゲイルがあんなこと……？）

理由がわからない。怒《おこ》らせるようなことを言った覚えもないし、直前まで彼はしごく親しげにしていたのに。いきなり殴られたうえにこんなところに転がされるような仕打ちをなぜ受けなければならないのだ。

（……こんなところ？）

そういえばここはどこなのだろう。ミレーユは目をすがめてあたりを見回した。

薄暗く、かび臭い部屋だ。そして、横たわっているのは立派とは言いがたい寝台《しんだい》。

王宮の中じゃない。直感的にそう思った。しかもかなり非友好的な招待を受けたらしい。

（なんで……？）

嫌《いや》がらせにしては悪質すぎるし、そんなことをされる覚えもない。というかすでに嫌がらせの域を超《こ》えている。

力ずくで拉致《らち》されたのだ。なにかよからぬことに巻き込まれたのだろうか。

急に周りの空気が冷えたような気がした。ミレーユはひとり蒼《あお》ざめた。

（ここにいちゃだめだわ。——逃《に》げなきゃ！）

ふらふらと寝台をぬけだす。思うように動かない身体がもどかしくて自分の頬《ほお》を思い切り叩《たた》いた。しびれるような痛みが、いくらか気力を取り戻させる。

部屋はそれほど広くない。窓辺によって開けてみようとしたが失敗に終わり、仕方なくもうひとつの出口へとむかう。これだけ入念に気を失わされていたのだから、当然扉《とびら》の鍵《かぎ》は閉《と》ざされているだろうが、ものはためしだ。

一歩一歩ふみしめるようにしてたどりつくと、そっと取っ手をまわしてみる。

「………うそ」

あっさりと扉は開いた。予想外の出来事にミレーユはぽかんとなった。

自分は監禁《かんきん》されているわけではなかったのだろうか。それともこれは、なにかの罠《わな》か？

少し迷ったが、思い切って押し開いてみた。

静かに開いた扉のむこうには石造りの廊下《ろうか》と壁《かべ》がある。そして同じような扉が廊下をはさんで両側にいくつか並んでいた。

人の気配はなく、しんと静まりかえった廊下はだいぶ古びて見えた。もとはどこかのお屋敷《やしき》だったのかもしれないが、おそらく現在は誰も住んでいないだろう。もう長いこと空気が入れ替《か》えられていないのが臭いでわかる。

そんなことを考えていると、突然《とつぜん》、目の前の扉が開いた。

ミレーユは凍《こお》りついた。あまりにも唐突《とうとつ》すぎて逃げる余裕《よゆう》などない。隠《かく》れる場所もないのだ。

（まずい！　どうし――）

中腰《ちゅうごし》で固まったまま、なすすべなく開いた扉を凝視《ぎょうし》する。汗《あせ》がどっとふきだした。

「……」

出てきたのは意外にも女性だった。それも、ミレーユと同年代の若い少女だ。おそるおそるといったように周囲を見回し――ミレーユを見つけてはっと目を瞠《みは》った。

「……フレデリックさま？」

かぼそい声がして、思わず目をつむって縮こまっていたミレーユは、えっ、とそちらを見た。

「フレデリックさま！」

目をうるませた少女はいきなり飛びついてきた。透《す》き通るような薄《うす》い金――銀にも近い美しい髪《かみ》が薄闇《うすやみ》に踊《おど》る。

「ごめんなさい、ごめんなさい、わたくしが愚《おろ》かでした。ほんとうにごめんなさい」

抱《だ》きついて急に泣き出した彼女をかかえ、ミレーユはあわてて周囲を見回した。ここで問答するのはまずいと、とっさにいま出てきたばかりの部屋にふたりして飛び込む。

ぐすんぐすんと鼻をすする彼女は、フレッドの名を連呼しているところを見るとどうやら知り合いのようだ。けれどミレーユには心当たりがない。

「あの……泣かないで」

ぽんぽんと背中をたたくと、彼女は顔をあげた。

涙でうるんだ薄紫色《うすむらさきいろ》の瞳《ひとみ》は繊細《せんさい》な宝石のように美しかった。ほっそりと小さな顔は雪のように白くはかなげで、丁寧《ていねい》に扱《あつか》わないと壊《こわ》れてしまいそうだ。それでいてうっとりするほど愛らしい。すこぶるつきの美女である。

ミレーユは思わず見惚《みと》れてしまったが、なんだか引っかかりを覚えてあらためて彼女を観察してみた。白金の髪に、紫の瞳。美貌《びぼう》の誉《ほま》れ高いサヴィアーナに似た顔立ち――。

(………まさか)

ミレーユは瞠目《どうもく》した。

「リディエンヌさま⁉」

訊《たず》ねる声が思い切り裏返る。彼女は軽く目をみはり、何度もうなずいた。

「そうですわ、リディですわ、フレデリックさま」

ミレーユは仰天《ぎょうてん》した。

(こ、この人がリディエンヌさま……フレッドの駆《か》け落ち相手‼)

兄はとんでもない面食いだったのだ。まあたしかに心を奪《うば》われるのも無理はない美女である。

「でもなんでこんなところに……ていうかここはどこなんですか?」

「わたくしも今日になって連れてこられたばかりなのです。昨日まではべつの場所に閉じ込められていました。王宮へ連れていくなどと言って、ナターシャはわたくしを騙《だま》して……」

突如《とつじょ》とびだした覚えのある名前に、ミレーユは鋭《するど》く反応した。

「ナターシャ⁉ いまナターシャって言いましたよね? ご存じなんですか?」

「ええ……わたくしの侍女《じじょ》ですわ。シャンデルフィール城にいたころも仕えていましたでしょう。エノールのお屋敷でも」

「あ、そ、そうでしたっけ」

「ナターシャは、アルフレートさまがわたくしの到着《とうちゃく》が遅《おそ》いと機嫌《きげん》を損《そこ》ねていらっしゃるなどと嘘《うそ》を言ったのです。それを聞いて、いてもたってもいられなくて……わたくしが愚かでした」

婚約者《こんやく》である王太子の名を口にして、悄然《しょうぜん》とリディエンヌはうつむく。

「フレデリックさまのお言葉を信じて待っていれば、こんなことにはならなかったのに。ほんとうにごめんなさい」

落ち込んでいるようだが、事情がわからないのでなぐさめようがない。けれどいまはそのことよりも、彼女の発言に対する違和感《いわかん》のほうが気になった。

「あのう。昨日まで別の場所に閉じ込められてたって言いましたよね。それってどういうことですか?」

リディエンヌはフレッドと駆け落ちしたはずだ。だからこうしてミレーユが兄の身代わりを務めているわけだから。

リディエンヌの瞳にあらたな涙がうかぶ。

「アルフレートさまにお会いしたいともらしたら、ではこっそり抜《ぬ》け出してシャンデルフィール城へゆきましょうとナターシャが言ったのです。けれどそれは嘘だったのですわ。ナターシャはわたくしを知らないお屋敷に連れて行って、閉じ込めてしまったのです。エノールのお屋敷を出てから……二週間ほど前からずっと、そこにいました」

「二週間前……」

ナターシャが消えたというのもたしかその頃《ころ》だ。ということはやはり、あのナターシャと同一人物なのか。

(どういうこと……?)

彼女の話が本当なら、駆け落ち云々《うんぬん》の話は一体どこから出て来たのだろう。

フレッドと駆け落ちしたはずのリディエンヌは、実はナターシャという侍女に騙されて監禁されていた。そのナターシャをリヒャルトとジークは知っている。フレッドのふりをしたミレーユが拉致《らち》され、その先でリディエンヌと出会った——。

どういうことなのだろう。混乱するばかりでわけがわからない。それに。

(フレッドは一体どこに行ったの……?)

ミレーユは途方《とほう》に暮れた。けれど、さめざめと泣いているリディエンヌを見ると、のんびりしている場合じゃないと我に返った。

「とにかく逃《に》げましょう、リディエンヌさま!」

考えるのは安全なところにたどりついてからでいい。今は逃げ出すのが先だ。

ミレーユはリディエンヌの肩《かた》をつかむと、顔をのぞきこむようにして力強く言い放った。

「あなたのこと、兄に……いや、神にちかって、あたしが守ってみせます!」

静まりかえった廊下《ろうか》とひとけのなさを楽観視していたミレーユだが、階下におりたところでいきなり行き詰《づ》まってしまった。

おそらくは出口があるだろうと思われる廊下の先――広間らしき場所から複数の声がしている。どれも男だ。ちらりとうかがった限りでは、あまり素行《そこう》のよろしくなさそうな輩《やから》である。

(う……。あれには絶対勝てないわ)

いくら五番街区最強といっても無理なものは無理だ。ミレーユは潔《いさぎよ》くあきらめ、逆方向に進むことにした。廊下を歩いてみた感じでは、そこそこ邸《やしき》の規模は広そうだし、出口くらいいくらでもあるだろう。

不安そうにふるえているリディエンヌをはげましながら奥へ進む。あたりは薄暗《うすぐら》く、足元がよく見えないため、自然と進む速度はゆっくりになった。

「フレデリックさま……」

「しっ。大丈夫《だいじょうぶ》。絶対に守りますから」

つないだ手に力をこめながら、ミレーユはふと思い出した。ほんの数日前にそう言ってくれたひとは、いま何をしているだろう。

会いたい、という心のつぶやきは聞かなかったことにする。会ったところできっとみじめになるだけだ。迷惑《めいわく》だと、思われているのだから。

知らず知らずうつむいていたミレーユは、それを発見するのが遅《おく》れた。

「あっ――」

行く手にあらわれた男が目を瞠《みは》って頓狂《とんきょう》な声をあげるのと、リディエンヌが細い悲鳴をあげたのはほぼ同時だった。

彼にとってもふたりの出現は予想外だったらしく、ぽかんと棒立ちになっている。その隙《すき》をつき、一瞬《いっしゅん》早く我に返ったミレーユは、リディエンヌの手を引いて逆方向に走った。

「待て！」

うわずった声と足音が追いかけてくる。ふたりはわき目もふらずに必死で走った。

「きゃあっ」

ふいにつないでいた手がすりぬけて、ミレーユは驚《おどろ》いてふりかえった。倒《たお》れているリディエンヌに男が追いつこうとするのを見てとっさに飛び出す。考えるより先に男の腰《こし》に体当たりをぶちかました。

「はやく、リディエンヌさまっ」

不意打ちだったからか、それとも相手が貧弱だったのか。見事に押し倒したミレーユは飛び起きると、リディエンヌを助け起こしてふたたび駆け出した。

騒《さわ》ぎを聞きつけたのか、行く手にばらばらと男たちがあらわれる。ぎょっとして立ち止まったふたりの後方にもいつのまにか数人が立ちふさがっていた。

「逃げてもらっちゃ困りますねえ、伯爵《はくしゃく》様」

絵に描《か》いたようながらの悪い男が、下品な笑いをうかべて進み出てきた。いきなりの窮地《きゅうち》にミレーユは内心蒼《あお》ざめたが、それを悟《さと》られないよう相手をにらみつける。

「こっちだって困ってんのよ。承諾《しょうだく》もなしにこんなとこ連れてきて、一体何のつもりよ」

「…………」

女言葉の伯爵に男たちはすこし戸惑《とまど》ったらしく、怪訝《けげん》そうに目線をかわし合った。だが重要な問題ではないと判断したのか、すぐにもとの表情にもどる。

「悪いが、あんたらはここで死んでもらわなきゃならない」

「な――」

「理由は言わなくてもわかってるだろう？」

「はあ!?　わかるわけないじゃない！　説明しなさいよちゃんと!!」

理不尽《りふじん》なことを言われて、恐怖《きょうふ》よりも怒《いか》りが先に出た。初対面の小汚《こぎたな》い男どもに死ねと言われて黙《だま》っていられるわけがない。

ミレーユの剣幕《けんまく》にたじろいだのか、男は意外に素直に口をひらいた。

「そこのお嬢様《じょうさま》を王太子妃《ひ》にしたくない方がいるんだ。いくら脅《おど》しても結婚《けっこん》をとりやめないどころか、あんたみたいな有能な護衛までつけやがった。それで、面倒《めんどう》だからふたりまとめて殺《や》っちまえってことになったのさ」

「ちょっ……なにそれ!?」

ミレーユはますます憤《いきどお》った。蒼白《そうはく》な顔で倒れそうになっているリディエンヌを支えながら、ふと思いついて訊《たず》ねる。

「まさか、リディエンヌさまの宮殿《きゅうでん》に放火したのも、あんたたちなの？」

「俺らじゃねえが、一派のやつがな。あのときもあんたにしてやられたらしいじゃねえか」

男はおもしろくなさそうに言い捨てた。

「火で退路をふさごうが、ぶん殴《なぐ》って部屋に閉じ込めようが、あんたはいつだって楽々と逃げ出しちまう。なあ、英雄様《えいゆう》。上の部屋は、特別に改築した牢屋《ろうや》みたいなもんだぜ？ どうやって内側から鍵《かぎ》をこじ開けたのか、まったくもってあんたの手先の器用さには恐《おそ》れ入るよ」

「は……？」

ミレーユは眉《まゆ》をひそめる。この男はなにを言っているのだ？ ミレーユたちが自力で逃げ出したと思っているようだが、それは思い違《ちが》いだ。扉《とびら》の鍵は最初から開いていたのだから。

（なにか勘違いしてるんじゃ……。でも、そうじゃないなら、誰《だれ》かがこいつらの知らないうちに鍵を開けたってことよね。――まさか、あたしたちを逃がそうとして？）

いったい誰が――。ミレーユは注意深く周囲を見渡《みわた》す。しかし知った顔は見当たらない。

ミレーユが黙ったことに白《しら》けたのか、男はふんと鼻をならした。しかしすぐにいたぶるような下卑《げび》た笑《え》みを浮《う》かべて剣《けん》をぬく。

「まあとりあえず死んでくれや。剣がいいか、それとも毒にするか？ 無理心中なら別々でもいいが」

すかさず周りの男たちもそれにならう。冷たい金属音が響《ひび》いて、ミレーユの足をすくませた。

さすがに剣をちらつかされては強気に出ようにも出られない。下腹に石を入れられたような重い緊迫感《きんぱくかん》で額に汗《あせ》がにじむ。

じりじりと間合いをつめられ、ミレーユはリディエンヌを後ろにかばいながら男たちをにらみつけた。他に抵抗《ていこう》のしようがない。武器をなにひとつ持っていないのだ。

「さあどうするよ。好きなほうを選んでいいんだぜ」

男は脅すように剣をふる。が、次の瞬間《しゅんかん》、うめき声をあげて剣を取り落とした。

金属音に続いて、カラコロと乾《かわ》いたちいさな音が床《ゆか》を転がる。

「な、なんだ!?」

色めき立つ男のとなりで、別の男も声をあげて剣を落とした。そのとなりも、後ろも、前も同様に、次々とうめき声とともに金属が床にぶつかる音を響かせる。

「誰だこの野郎《やろう》!!」

激昂《げっこう》した男たちが殺気立って周囲をみまわしていると、のんびりとした声がふってきた。

「きみたちがいけないんだよ。女の子をいじめるから」

「誰だ！——どこにいる!?」

「ここだよ」

ばさりと音がして、「とうっ！」という軽快な掛《か》け声とともに頭上から何かが落ちてきた。

とっさにリディエンヌを後ろにかばったミレーユの前に、優雅《ゆうが》なベルベットのマントがふわりと広がる。

落ちてきた——いや降りてきたのは、人間だった。深青のマントに、羽根飾《かざ》りのついた同じ色の帽子《ぼうし》を深くかぶっている。帯剣《たいけん》しているところを見るとおそらくは騎士《きし》だ。そして手にもっているのは……。

「あーあ。食べ物を粗末《そまつ》にしちゃいけないって、妹に怒られちゃうな」

と言いながら、彼はもてあそんでいた胡桃《くるみ》をひょいとはじいた。見事な放物線をえがき、手前の男の額にぴしりと命中する。

「そのへんに落ちてるのもあとで拾《ひろ》って食べるから。踏《ふ》まないでね」

「てめえええ!! 何モンだコラァ!!」

真っ赤になってわめきちらした男に、騎士は大まじめに言い放った。

「正義の使者、青い帽子の騎士だ！」

——しーん、とその場は静まりかえった。

（……何？　なんか覚えがあるんだけど。この緊張感《きんちょうかん》のまったくない感じ……）

ミレーユは彼の後ろ姿を凝視《ぎょうし》した。

居並ぶ男たちは一様にぎらぎらとした怒気《どき》を顔にみなぎらせ、空気の温度は一気に上昇《じょうしょう》する。

しかし自称正義《じしょうぎ》の使者はまったく意に介《かい》していないようで、平然とこちらを振《ふ》り返ると軽く指で帽子を押し上げた。

（――あっ⁉）

ミレーユは目をむいた。どうも聞き覚えのある声だと思ったら……！

「ご助勢しますよ、ベルンハルト伯爵」

つばの広い帽子の下で、青灰色《せいかいしょく》の瞳《ひとみ》がいたずらっぽく微笑《ほほえ》む。

「なっ、な、なん」

「ここはまかせて。出口はそこを右に曲がってつきあたりを左です。――ああそうだ」

口をぱくぱくさせるミレーユに、彼は懐《ふところ》からとりだしたものを放ってよこした。掌《てのひら》にのるほどの小さな球は、ひとつは黄色でひとつは白い。……なんだか妙《みょう》に見覚えがある。

「勇敢《ゆうかん》なあなたに、神のご加護がありますように」

そう言って彼はすらりと剣をぬいた。とりまく空気が一変したことに気づきミレーユは思わず息をつめたが、

「……リディエンヌさまをたのむよ」

独り言のようなつぶやきに、はたと自分の使命を思い出した。

最後に一瞥《いちべつ》をくれた彼をにらみ返すと、リディエンヌの手をとって走り出す。

「死なないでよね！」

帽子の下で彼がちいさく笑った気がした。

背後からはげしい剣戟《けんげき》の音と怒声《どせい》が津波《つなみ》のごとく押し寄せてくる。立ち止まって引き返しそうになる足を叱咤《しった》しながら、ミレーユはひたすらに走り続けた。


「フレデリックさま、あの方はいったい……」

「なんでこんなところにいるのかさっぱりわかんないけど、たぶん、大丈夫《だいじょうぶ》です！」

ふたりは廊下《ろうか》を爆走《ばくそう》した。たいがい息が切れていたが、のんびり休んでいる余裕《よゆう》はない。足音がいくつか追ってきている。

（フレッドってば、やられちゃったのかしら）

妹の目から見てもあまり腕《うで》がたつとは思えない。かなり不安ではあったが、いまはリディエンヌを逃《に》がすのが先だと言い聞かせて振り返らなかった。

「そっちだ！」

怒声とともに脇道《わきみち》からあらたな追っ手が加わり、足音が倍増する。ミレーユは舌打ちし、さきほど渡《わた》された球をポケットからとりだした。白いほうには『小麦丸』、黄色いほうには『玉ねぎ丸』とご丁寧《ていねい》に銘打《めいう》ってある。

どこで手に入れたのかは知らないが、これの威力《いりょく》は身をもって経験済みだ。走りながら振りむきざま、後方へ小麦丸を投げつけた。

「わあぁぁっ」

頓狂《とんきょう》な悲鳴があがる。ちらりと確認してみたが背後は真っ白でなにも見えなかった。

逃げるなら今のうちだ。言われたとおり、つきあたりを左に曲がる。

(——げっ！)

待ち構えていた数人が、ふたりを認めてにやりと笑う。ミレーユはためらわず玉ねぎ丸をお見舞《みま》いした。

「なっ⁉」

「うえぇぇっ」

床ではじけて飛び散ったそれをまともにくらい、間抜《まぬ》けな男たちは一瞬《いっしゅん》にして戦闘《せんとう》不能となった。かつての犠牲者《ぎせいしゃ》であるミレーユは、なんとすばらしい武器なのかとその発明者にふかく感謝しながら、彼らの脇《わき》をすりぬけた。

「リディエンヌさま、もうすぐです、がんばってっ！」

息もたえだえのリディエンヌを励《はげ》ましながら走り、たどりついた目当ての扉《とびら》をぶち開ける。

(——うそ……！)

思わずうめいて立ちすくんだ。

出口ではなかった。いや、出口はあった。——抜《ぬ》き身の剣をかまえた彼の背後に。

「おとなしく死んでくれよ。フレッド」

ゲイルは笑みをうかべていたが、その灰色の瞳は冷たかった。油断のない光を宿しミレーユとリディエンヌを見すえている。

切っ先をつきつけられたミレーユは息をつめて彼を見返した。だいぶ間合いがあるとはいえ、これほどの殺気ならすぐさま飛《と》び越《こ》えそうな危《あや》うい距離《きょり》だ。

「……なんでそんなに、殺したいの？」

ふるえる喉《のど》から声をふりしぼる。

いい人だと思っていた。気さくで明るくて、同郷だからと単純に親近感を抱《いだ》いていた。——それなのに。

「俺は上の命令にしたがってるだけだ。個人的な恨《うら》みなんかはねえよ」

「……あんたの上の人ってのは、なにを企《たくら》んでるのよ」

ゲイルは、ちらりと胡乱《うろん》げな目でミレーユを見た。すでに伯爵《はくしゃく》を装う余裕をなくしてしまっているせいで、地の話し方が出てしまったのを不審《ふしん》に思ったのかもしれない。

しまった、と思ったが、ゲイルはそれについて追及《ついきゅう》する気がないのか、それとも気にしないことにしたのか、軽く肩《かた》をすくめて口を開いた。

「さあね。邪魔《じゃま》なんだろ、おまえとかおまえの親父《おやじ》さんが。国王のお気に入りだもんな。——

だけどおまえが王太子妃《ひ》をさらって無理心中でもすれば、ベルンハルト公は失脚《しっきゃく》して重鎮《じゅうちん》の席がひとつ空く。うちのご主人はそれがほしいらしい」

「ちょっと待って！　うちのパパの地位がほしいんなら他にやりようがあるでしょ？　リディエンヌさまは関係ないんだから、勝手にまきこまないでよ！」

「関係あるね。そのお嬢様《じょうさま》に王太子妃におさまってもらっちゃ困るんだ」

「なんでよ」

「王太子妃にはもともと別の令嬢《れいじょう》が選ばれるはずだった。王太子の気まぐれでぶち壊《こわ》されたけど、まだ俺たちは諦《あきら》めてない。そのお嬢様が死ねばアルフレートの気も変わるさ」

　ミレーユは目を瞠《みは》った。ではゲイルは、アルフレートが選ばなかった令嬢の関係者ということか。自分たちの息のかかった令嬢を王太子妃にすえるためにリディエンヌを葬《ほうむ》り、彼女を守っていたフレッドとベルンハルト公爵家《こうしゃくけ》までも排除《はいじょ》しようとしているのだ。

　リディエンヌは蒼《あお》ざめながらも、きりりとゲイルを見すえた。

「変わらないわ。わたくしとアルフレートさまは永遠の愛を誓《ちか》い合ったのですもの」

「だまれ。あんたはここで死ぬんだよ」

　彼が低く言い捨てると同時に、いつの間にか背後に忍《しの》び寄《よ》っていた熊《くま》のような大男がリディエンヌを乱暴に引き寄せた。ゲイルが薄《うす》く笑んで、剣を持ちかえる。

「そのままひねり殺そうか。それとも俺がこの剣で突《つ》きさしてやろうか」

「ちょっ……、なにすんのよ、あんた！」

突然《とつぜん》すぎて一瞬呆然《いっしゅんぼうぜん》としてしまったミレーユは、燃えるような目でゲイルをにらんだ。

「卑怯者《ひきょうもの》！　女の子を人質《ひとじち》にしなきゃケンカもできないわけ⁉　男なら正々堂々と勝負しなさいよ！　今すぐリディエンヌさまを放しなさい！」

ゲイルは冷たい瞳のまま、なにも言わず大男にあごをしゃくってみせる。大男がにたりと笑ってリディエンヌの首に手をかけたのを見て、ミレーユは無我夢中で飛びついた。

「さわるんじゃないわよこの熊男！　放せって言ってんのよぉぉっ!!」

こんなけがらわしい輩《やから》が気安くさわっていい人じゃない。雪の妖精《ようせい》のように儚《はかな》げな彼女にふれていいのはただ一人だけだ。

ふりまわした拳《こぶし》がまともに背中に入る。しかし相手は応《こた》えた様子をまったく見せず、すねに足蹴《あしげ》りをくらってもびくともしない。ただ小馬鹿《こばか》にするように笑って、腕に力をこめていく。

「この……ッ！」

こうなったら最終手段だ。リディエンヌの細い首をしめようとする男の腕に、ミレーユは思いっきり歯をたててかみついた。

「ギャァッ」

さびついた悲鳴とともに、しめていた腕がゆるむ。だが、してやったと思う間もなく頬《ほお》に衝撃《しょうげき》をくらい、身体《からだ》が宙を飛んだ。

殴《なぐ》られた頬をとっさに反《そ》らしたせいで受け身がうまくとれず、したたかに肩を打ちつけた。息がつまり、視界がかすむ。あまりの痛みに眩暈《めまい》がして起き上がることもできない。

「こいつ！　ふざけやがって、ぶっ殺してやる！」

男は殺気立った目で倒《たお》れたミレーユをにらんだ。リディエンヌの腕をつかんだままのしのしと近づいてくる。

その動きが、ふいにとまった。

負けまいとにらみかえしていたミレーユはいぶかしげに彼を見上げ——飛び散る血しぶきと剣を手にした騎士《きし》に気づいて瞠目《どうもく》した。

「フレデリックさま！」

解放されたリディエンヌが転がるように飛びついてくる。半泣きの彼女に助け起こされながら、どうっと倒れた男の背後に立つ騎士をミレーユは呆然《ぼうぜん》と見つめていた。

「リヒャルト……」

ゲイルがいまいましげにつぶやき、彼に剣をむける。その肩口《かたぐち》に、びゅっと空を切って飛んできた矢が突き立った。

「——っ!!」

不意をつかれてゲイルは剣を取り落とす。そこに、やけにのんびりとした声がかかった。

「ひさしぶりだね、ゲイル。東の塔《とう》でぼくがあげた傷はもう治ったかい？」

射手を従えて入ってきたのは青い帽子《ぼうし》の騎士である。呼吸ひとつ乱すことなく余裕《よゆう》の表情でゲイルを見下ろした。

「……おまえ……？」

「きみたちの企みは陛下も殿下《でんか》もみんなご存じだ。神妙《しんみょう》にお縄《なわ》につくように」

肩を押さえながら探《さぐ》るように彼を見ていたゲイルは、はっと目を見開いた。呆然としてミレーユを見やり、やがて苦々しく唇《くちびる》をゆがめる。

「なるほど……。こいつは身代わりの囮《おとり》か。俺を引っ掛《か》けるための」

青い帽子の下で、騎士は無言の笑みを返す。ゲイルの瞳に憎悪《ぞうお》が宿った。

「なにが記憶喪失《きおくそうしつ》だ、ふざけやがって。そんな出まかせで俺たちを騙《だま》せるとでも思ったのか」

「もちろん思わないさ。でもぼくは信じてたよ。きみたちはきっとぼくの誘いに乗ってくれるってことを。炎《ほのお》の中で斬《き》り合った相手がどんな剣筋でどんな体格をしていたか、リディエンヌさまに何をしようとしていたのか……すべて見ていたこの優秀《ゆうしゅう》なぼくを、もう一度狙《ねら》わずにはいられないってこともね」

世の中は自分のために回っているとでも言いたげにさわやかな笑《え》みを浮《う》かべた相手を、ゲイルは射殺しそうな目でにらんだ。

「くそ……。やっぱあのとき殺しとけばよかったぜ」

ひとりごとのように吐《は》き捨《す》て、ミレーユに皮肉な笑みをむける。

「ずいぶんそっくりなのを探してきたもんだな。どうりでこっちを探ってもぼろを出さないわけだよな。そのくせ鋭《するど》いつっこみしやがるし」

くっくっと肩をゆらして笑う。ミレーユが知っているものとは別人のように荒《すさ》んだ、悲しい笑顔だった。

やがて彼は笑うのをやめ、おもむろに矢を引き抜いた。そして少し口端《こうたん》をあげて一同を見回すと、血のついた矢を投げつけ、すばやく背後の扉をけやぶって飛び出していった。

「逃《に》がすな！」

するどい声に、どこにひそんでいたのか三人の騎士が猛然《もうぜん》と駆《か》けていく。どれも見知った筋肉集団の者たちだったことに、ミレーユは度胆《どぎも》をぬかれてそれを見送った。


「やあ、お嬢《じょう》さんがた。怪我《けが》はないかい？」

やっと帽子をとったフレッドが、何事もなかったかのような顔をしてにこやかにやってきた。上着のポケットから鍵《かぎ》の束がのぞいているのを見てミレーユは脱力《だつりょく》する。部屋の鍵を開けたのは彼だったらしい。

「……フレデリックさまが、ふたり……？」

ぽかんとしてつぶやくリディエンヌに歩み寄ると、フレッドはさっと膝《ひざ》をついて手をとり、慣れた仕草で指にくちづける。

まるで一枚の絵のようだと、すぐそばで眺《なが》めながらミレーユは思った。美しい姫《ひめ》と騎士。うっとりと見つめあうさまは、こちらのほうが赤くなってしまうほどお似合いだった。

「遅《おそ》くなりました、リディエンヌさま。わたしの至らなさでお辛《つら》い思いをさせたことを、どうかおゆるしください」

「いいえ……悪いのはわたくしですわ。フレデリックさまはこうして助けにきてくださいました。それに、無事だったからよいのです」

「しかし、少なくともこの御手《みて》は奸賊《かんぞく》の汚れにあってしまわれた。責任をもって消毒させていただきます」

「フレデリックさま……」

二度目のくちづけで何やらきらきらしてきた雰囲気《ふんいき》の横で、ミレーユはじとりと目を据《す》わらせた。なんだか納得《なっとく》がいかない。こっちは親にだってなぐられたことのない頬を小汚《こぎたな》い男のせいで腫《は》らしているというのに。

「……あたしのこともちょっとくらい心配してくれたっていいんじゃない?」

あてつけがましく言うと、フレッドはやっと思い出したようにこちらを見た。そして驚愕《きょうがく》に目を見開いた。

「なんてことだ! ぼくそっくりの美しい顔に傷が……!」

たちまち苦悩《くのう》の表情になり、ぐっと拳を握《にぎ》り固める。

「ゲイルめ、許せん！　徹底《てってい》的にきびしく取り調べてやる!!」

「……仕事に私情をもちこむのやめなさいよ。しかもくだらない私情を」

「なにがくだらないだよ。大事な妹を傷つけられて、兄として黙《だま》っていられるわけないだろ」

「まあ、フレデリックさまの妹君でいらっしゃるの？　はじめまして、わたくし、リディエンヌと申します」

リディエンヌがはずんだ声で入ってきてさらに騒々《そうぞう》しくなったとき、セオラスがやってきた。

「フレッド、あっちは片付いたぜ。全員捕縛完了《ほばくかんりょう》」

まるで昼食の献立《こんだて》を教えるような口調で報告し、ミレーユに気づいて、よう、と破顔《はがん》する。

「大変だったたな、お嬢ちゃん。帰ったらゆっくり休めよ」

「……お嬢ちゃん……？」

訝《いぶか》しげなつぶやきに、セオラスは「しまった」という顔をしてあわてて愛想《あいそ》笑いをうかべた。

「まさか……あたしが女って知って……」

「うん。ぼくが言ったから」

あっさりと認めたフレッドにミレーユは目をむいた。

「はあ？　なに、どういうこと？」

「セオラス、悪いけど送致《そうち》しといてくれる？　他のみんなと一緒《いっしょ》に」

「了解《りょうかい》」

「ちょっと、フレッド！」

「あ、リヒャルトは残ってて。怪我人がいるから運んでもらわないと」

とたんミレーユは口をつぐんだ。怪我人というのは、もしかしなくとも自分のことだろうか。

さっきからリヒャルトは一言もしゃべっていない。なんだか怒《おこ》っているようにも見える。

「ごめんな、お嬢ちゃん」

この隙《すき》にとばかりにセオラスが逃げ出す。

何か言ってやろうと身を乗り出した拍子《ひょうし》に鈍《にぶ》い痛みが肩《かた》に走り、ミレーユは顔をしかめた。

相当強く打ったのか、間をおかずに疼痛《とうつう》が押し寄せる。

思わず肩をおさえてうずくまったとき、急に身体がふわりと浮いた。

とっさにわけがわからず目をぱちくりさせたが、リヒャルトに抱《かか》えあげられたのだと気づいて、かっと頬が熱くなる。

「や、やだ、おろして……」

あたふたと訴《うった》えたが、リヒャルトは無言だった。何も聞こえていないかのようにまっすぐ前を向いたまま、足早に外へ出る。

「あたし、ひとりで歩ける。大丈夫《だいじょうぶ》だから」

「……」

「ねえったら！」

耳まで真っ赤になりながら訴えると、リヒャルトはようやく目線を下ろした。なじるような、責めるような、それでいて苦しげな瞳《ひとみ》をしていた。はじめて見る硬《かた》い表情にたじろいで黙り込んだミレーユに、吐き捨てるように声をしぼりだす。

「……これくらいは、させてください」

それきり、あとはもう何も言わなかった。


「なんですって――――っっっ!!」

ベルンハルト公爵家別邸《べってい》に戻《もど》り、事情をきいたミレーユは大絶叫《ぜっきょう》した。

「じゃ、じゃあ、みんな知ってたっていうの⁉　知ってて知らんふりしてたわけ⁉」

「みんなじゃないよ。陛下と王妃《おうひ》様と王太子殿下《でんか》と白百合《しらゆり》の幹部だけだよ」

「だけってなに⁉　充分《じゅうぶん》すぎるわよ！　関係者ほとんどじゃない!!」

彼女は激怒《げきど》していた。

それも無理はない。この身代わり作戦には恐《おそ》ろしい事実が隠《かく》されていたのだ。

「駆け落ち？……ああ、あれね。ごめん。ぜんぶうそ」

問い詰《つ》められたフレッドは、罪悪感ゼロの笑顔であっけらかんと告白した。

「あの手紙、真に迫《せま》ってただろ？　あれくらい書いとけば、優しいきみはきっと協力してくれるだろうと思ってさ。ついでだから敵を釣《つ》るための餌《えさ》になってもらおうかなー、なんて」

目をむくミレーユに、彼はこれまでの経緯《けいい》をかいつまんで教えてくれた。

リディエンヌが王太子の花嫁《はなよめ》に選ばれたことを不満に思う一派がいることは、当初はさほど宮廷《きゅうてい》内で問題になってはいなかった。見合い相手を推《お》していた者らも結局は王太子の意見を尊重するという形をとり、以来、表立った動きは見せなかったからだ。

だが彼らは、婚約《こんやく》成立後も件《くだん》の見合い相手の令嬢《れいじょう》の一族とひそかに連絡《れんらく》をとりあっていた。その行動を知り不審《ふしん》を感じた王太子は、王宮に入ったリディエンヌの身を案じ、フレッドに彼女の護衛を命じた。

その矢先に起こったのがあの火事だった。

あの夜、リディエンヌを助けに飛び込んだフレッドは刺客《しかく》に出くわした。顔を隠していたが剣筋《けんすじ》からして騎士《きし》——それも東の塔《とう》の警護をしていた白百合騎士団の誰《だれ》かであると推測した彼は、刺客の背後にいるであろうリディエンヌの嫁《よめ》入りに反対する一派をあぶりだし、その証拠《しょうこ》を突《つ》き止めようと、ある策に打って出た。火事の夜、自分が刺客と遭遇《そうぐう》したことは当然あちらの耳にも入っているはず。ならばそれを利用してゆさぶりをかけようと企《たくら》んだのだ。

まず、リディエンヌをいったん安全な実家に帰したうえで、噂《うわさ》を流す。どんな出方をしてくるかを見るのが目的だったから、それは現実感の薄《うす》い陳腐《ちんぷ》なもので構わなかった。

つまり――「ベルンハルト伯爵《はくしゃく》は怪我《けが》の後遺症《こういしょう》で記憶喪失《きおくそうしつ》になり、火事の責任をとって引退しようとしている。リディエンヌ嬢《じょう》はあんなおそろしい目に遭《あ》ったせいで、もう二度とアルテマリスには行きたくないと言っているらしい」――というような。

またたく間に噂は広まり、あの火事で絆《きずな》を確かめ合ったふたりがひそかに駆《か》け落ちしたという尾ひれまでついた。そしてよからぬことを企んでいた者たちは、案の定、好機を逃《のが》さぬとばかりにただちに行動に出た。

まさにこちらの狙《ねら》いどおりだった。一度は破談になった縁談《えんだん》をふたたび表に出そうと王太子やその近辺にそれとなく話をもちかけ、リゼランドへ飛んで夜会の根回しに奔走《ほんそう》することも、火事が出たのはベルンハルト伯爵の職務怠慢《たいまん》だとしてここぞとばかりに糾弾《きゅうだん》することも。

記憶喪失だという噂を信じたのかはわからない。彼らにとって大事なのは、リディエンヌの護衛をつとめるフレッドと父である公爵《こうしゃく》の失脚《しっきゃく》だ。その口実をフレッドは与《あた》えてやったようなものだった。王太子妃となる令嬢とよからぬ噂があること、記憶喪失という状態で公務に支障がでるであろうこと、そんな息子《むすこ》の監督《かんとく》不行き届きの責任――。探せばいくらでも出てくる口実を、彼らが見逃すはずもない。

三大公爵家のひとつという権力に守られ、恵《めぐ》まれた立場で華々《はなばな》しく振《ふ》る舞《ま》う少年を忌々《いまいま》しく思いつつも手出しができずにいた彼らは、リディエンヌと王太子の婚約《こんやく》不成立を目論《もくろ》むとともにに、フレッドとその周辺の実力者たちをここぞとばかりに追い落としにかかったのである。

「――ねえミレーユ、かわいそうだろう？　あのひとたち、何かというとぼくを目の敵《かたき》にするんだ。この美しさと若さが妬《ねた》ましいのはわかるけど、だからっていじめるなんてひどいよね。ぼくはこの外見のせいで悩《なや》んでるっていうのに……。毎晩あちこちからお誘《さそ》いがかかってろくに睡眠《すいみん》もとれないし、大量に恋文《こいぶみ》の返事を書くせいで手首を痛めるしで大変なんだよ？　あーあ、どうしてこんなに美しく生まれてしまったんだろう。ほんと、罪だよな……」

なやましげにため息をついたフレッドは、ミレーユの殺意のこもった視線に気づくと、にこやかに話を戻した。

「まあそんなかんじで、貴族のおじさんたちがあれこれ悪だくみをしてたんだけど、ぼくらはそれを一部始終裏で調べていったわけ。ところが急にリディエンヌさまが行方《ゆくえ》不明になっちゃってさ……」

療養《りょうよう》と称《しょう》してグリンヒルデを出たフレッドはモーリッツ城にこもり、部下の報告をもとに指示を出していたが、気になる情報を耳にしてリディエンヌのもとへ向かった。彼女に仕えるナターシャという侍女《じじょ》が反ベルンハルト派と関《かか》わりがあるらしいとわかったからだ。

だが一足遅《おそ》く、別荘《べっそう》で療養しているはずのリディエンヌは姿を消していた。フレッドが彼女に送った手紙から、ナターシャは何かを察したらしい。護衛の騎士らに薬を盛り、リディエンヌをそそのかして連れ出したのだ。それきり彼女の行方は杳《よう》として知れなくなってしまった。

フレッドは捜索《そうさく》に動きつつも次の手を打った。実の妹を「餌」にして敵を釣る、つまり今回の身代わり作戦である。

この作戦はぴたりと当たった。ミレーユは偽《にせ》のベルンハルト伯爵として敵の目を引きつけ、その言動を深読みして彼女を拉致《らち》したゲイルらは、ふたりの無理心中を装うため監禁《かんきん》場所にリディエンヌを連れてきたのだ。そしてミレーユとゲイルのあとを追ったフレッドは先陣《せんじん》を切って館へ潜入《せんにゅう》し、鍵《かぎ》を入手して部下たちを引き入れた。

かくして、実は綿密《めんみつ》に連絡をとりあっていた白百合騎士団を率《ひき》いての大捕《おおと》り物となったのである――――!

フレッドが揚々《ようよう》と話し終えると、ミレーユはしばし難しい顔で考えこんでから口を開いた。

「……気のせいかしら。今の話きいてると、まるであたしがゲイルにさらわれたのを近くで見てたみたいな感じだったけど……」

「気のせいなんかじゃないさ!」

なぜかフレッドはうれしそうに言った。

「きみの周りには常にぼくの部下がひっそりと張りついてたんだ。ゲイルじゃないにしても、誰かがきみに接触《せっしょく》するのはわかってたからね。だけどあのときはちょっとした手違《てちが》いで見失っちゃってさあ。必死に捜《さが》し回って、ゲイルに担がれていくきみを見つけたときは心底ほっとしたよ。妹の危機を真っ先に救うのはやっぱり兄の使命なんだよなあ」

ミレーユはまたも押し黙《だま》り、たっぷり今の言葉をかみくだいてから顔をあげた。

「あんた、王宮にいたの？」

「うん。あのときはね」

「どこに？」

「そのへんに。一度きみとも会ったけど、まったく気づかれなくて悲しかったよ」

大げさに嘆《なげ》いて、ぶつぶつと付け足す。

「まあ、あのときは女の子の恰好してたし……。女官のお仕着せなんか着てると、意外に背景になじんじゃうんだよね。おじさんたちもまったく気づいてなかったしなあ……」

「…………」

ひくひくと顔がひきつるのをこらえ、ミレーユは怒《いか》りでふるえながら兄を見た。目の前で妹が悪漢に攫《さら》われるのを黙って見てやがったのかと思うと張り倒したくなったが、その前に訊《き》いておきたいことがある。

「じゃあ……あんたのあの手紙、あれって一体なんだったの……？」

すべての事の発端《ほったん》ともいうべき、あの手紙。駆け落ち騒動《そうどう》が嘘《うそ》だったというのなら、二ヶ月前にとどいたあの手紙には何の意味があったのだろうか。

と、フレッドはいくらか神妙《しんみょう》な顔つきになった。

「ぼくも今回のことでは、ずいぶん前からいろいろと考えたんだ……。あらゆる事態を想定して二百くらい作戦をたてたんだけど、根が小心者だからどうにも安心できなくてさ。いつかはきみに身代わりをやってもらうことになるかもしれないと思ってたから、どうしたらきみが引き受けてくれるか、毎日毎日それればかり考えて……それで出した結論があの手紙ってわけで、まあ要するに何だったのかというと……」

フレッドはあごに手をやって瞑目《めいもく》したが、やがてまぶしい笑顔《えがお》でふりむいた。

「きみの良心につけこむための知恵《ちえ》の結晶《けっしょう》、ってとこかな？」

「――」

ブチィッ、と本日何本目かの何かが切れた。いったんは冷めたはずの頭に一気に血がのぼる。

死ぬほど心配して余計な助言をしてみたり、父を失脚から救うために身代わりを引き受けたり、王宮では事情を知り尽《つ》くした人々の中で一人うろたえたり暇《ひま》つぶしにされたり、さんざんな目にあった、あの心労の日々。

あれが、すべて計算されたものだったとは！

「こっ……の、冷血人間が――――――っっっ!!!!」

そのまま絞《し》め殺しかねない勢いでミレーユはフレッドのむなぐらをつかみあげた。

「よくもそんな危険な役目をあたしにやらせたわねぇぇ！　純真な妹をだまくらかして、あんたの脳内には良心とか罪悪感って言葉はないの!?　どれだけ心配したと思ってんのよーっ！」

罵声《ばせい》をあびせられ、がくがく揺《ゆ》さぶられてもフレッドは涼《すず》しい顔をくずさない。

「ごめんごめん。でもけっこう楽しかっただろ？　似合ってるよ、その恰好」

「ふざけんじゃないわよ！　あたしがいったいどんな思いで――」

「そう怒《おこ》んないでよ。これで役目は終わりなんだし、うちに帰れるんだからいいじゃないか」

なだめるようにそう言うと、フレッドはにこやかな顔をリヒャルトにむけた。

「リヒャルトも今日かぎりでお守《もり》は終わりだ。お世話かけたね」

ミレーユははっと怒声《どせい》をのみこんだ。忘れていた大事なことを急に突《つ》きつけられ、それまでの覇気《はき》がみるみるしぼんでいく。

「今日まで妹を守ってくれてありがとう。さっそくだけど、次の任務にかかってくれる？」

隅《すみ》に控《ひか》えていたリヒャルトが顔をあげる。ふりむいたミレーユを、硬《かた》い表情のままで見た。

一瞬《いっしゅん》、目が合った。しかし彼が口を開くことはなく――。

無言のまま一礼すると、笑顔も見せずに部屋を出て行ってしまった。

静かに閉まった扉《とびら》を、ミレーユは声もなく見つめていた。

今日が最後だとわかっていたなら、言うべきことがたくさんあったのに。一言も言葉をかわさないまま、彼は行ってしまった。

「彼もいそがしい人だからね。きっともう、ここにくることはないだろう」

「……そう」

「さみしい？」

見透《みす》かしたような問いに、力なく首をふる。

「べつに……。リヒャルトだってきっとせいせいしてるわよ。早く通常任務に戻《もど》りたいって言ってたもの。あたしみたいな子どものお守は、性《しょう》に合わないって」

本当は——もっと一緒《いっしょ》にいたかった。

けれど無理な話だ。フレッドの身代わりだったからこそそばにいてくれたのであって、ただのミレーユ・オールセンとは関係のない人なのだから。

「今だって黙って行っちゃったし、きっと怒ってるのよ。さんざん迷惑《めいわく》かけたもの。なにかあるたびに八つ当たりしてたし……」

通常任務に戻れることを喜んであげなきゃ——。そう思うのに、それを素直に受け入れられない自分がいる。

「そうだね。あの顔は怒ってるよ。それもかなりね」

「……謝りたいけど、でも……」

「きみに、じゃない。自分自身にだよ。怒ってるというより、責めてる、かな」

「えっ？」

「きみに怪我《けが》をさせたから。……守れなかったから」

けげんそうに顔をあげたミレーユに、フレッドもいくらか表情をあらためて続けた。

「この計画に最後まで反対してたのはリヒャルトなんだ。なにも知らないのに巻き込むのはかわいそうだってさんざん渋《しぶ》ってさ、始まってからも何度も中断を口に出してた。それを無理やり押し通して護衛役に命じたのはぼくだ。きみを任せられるのは彼しかいないと思ったから」

「……」

「なにがあっても絶対守るって彼はそのとき誓《ちか》った。だから今日のきみを見て責任を感じてるんだろう。通常任務に戻りたいって言ったのはきっと責任感の裏返しだよ。きみが嫌《きら》いだからそう言ったわけじゃない」

フレッドはやわらかな笑みをうかべ、湿布《しっぷ》の貼《は》られたミレーユの頬《ほお》をそっとなでた。

「だからさ、恨《うら》むのはぼくだけにしといてよ。リヒャルトと——あとお父上も、ある意味被害《ひがい》者《しゃ》みたいなものだから。嫌いにならないであげて。親子の縁《えん》を切るとか口走っちゃだめだよ」

兄の言葉に、ミレーユはただ無言でうなずいた。

(嫌いになんか、ならない)

なりようがない。きっともう会うことはないだろうから。

なぐられた頬の傷と、打ちつけた肩《かた》の怪我。

それを治療《ちりょう》するおだやかな日々の間。

リヒャルトはとうとう一度も別邸《べってい》にやってくることはなかった。

第五章　最後の宴とあらたなる日々のはじまり

若葉生《しげ》い茂る晩春の吉日《きちじつ》。日も沈《しず》んだというのにベルンハルト公爵《こうしゃく》家別邸は大騒《おおさわ》ぎだった。

「これ、ちょっと開きすぎじゃない？」

つやつやとした絹のうす薔薇色《ばらいろ》のドレス。うっとりするほどきれいなのだが、胸元が広く開いているのがどうにも気になって仕方がない。

今日は王太子アルフレートとリディエンヌの婚約披露宴《こんやくひろうえん》の日だ。夜にひらかれる舞踏《ぶとう》会に招かれたミレーユはフレッドの手を借りて支度をしている真っ最中である。

「それくらい普通《ふつう》だよ。気にしすぎだって」

クローゼットをなにやら探っていたフレッドが戻ってきて、妹の晴れ姿をまじまじと見る。

「……いや、やっぱりちょっと、何か詰《つ》めとく？」

「悪かったわね。貧相な体型で」

ぶすっと口をとがらせたミレーユを尻目《しりめ》に詰め物を探していたフレッドは、テーブル上の果物籠《かご》からリンゴを取り出した。

「これなんかどう？」

「…………ケンカ売ってんの!?」

「でも、これくらいはあったほうが見栄えがいいよ。形も合ってるし」

まんざら冗談《じょうだん》でもなさそうな顔でリンゴを差し出す兄に、ミレーユは激怒《げきど》した。

「ふざけないでよ！　ふつう詰めるっていったら布とかでしょ!?　もういい、自分を偽《いつわ》ってまで舞踏会なんか出たくない！」

「あー、ごめんごめん。そんな怒《おこ》んないでよ」

誠実さのかけらも感じられない謝罪をしておいて、フレッドは鏡越《かがみご》しにミレーユを見やった。もとの色にもどった髪《かみ》は肩にふれるほどの長さもない。櫛《くし》をいれながらにっこり笑いかける。

「きみはそのままでも充分《じゅうぶん》かわいいんだ。なんたってぼくと同じ顔なんだから。多少胸がなくたって気にすることないよ」

「その発言はやっぱりケンカ売ってると解釈《かいしゃく》していいわね」

「ほらほら、カリカリしない。じっとしててよ。つけ毛をのせるから」

ミレーユの髪と同じ金茶色の房《ふさ》を、まとめた短い毛を覆《おお》うようにつけていく。その手際《てぎわ》のよさに、ミレーユは感心するとも呆《あき》れるともつかない声をあげた。

「なんでそういうのばっかり持ってるの？　いやに手馴《てな》れてるし」

彼の私室のクローゼットには、色とりどりのつけ毛が完備してあるのだ。それだけではない。

化粧《けしよう》道具一式や、装飾《そうしよく》品、ドレスの類《たぐい》までずらりと並べられている。

「まさかとは思うけど……女の子の恰好《かっこう》して出歩いたりとか、そういうバカなことやってるんじゃないでしょうね？」

疑いのまなざしをむけるミレーユに、フレッドは心外だという顔をした。

「失礼な。出歩いたりなんかしないよ。——着るのは邸《やしき》の中だけだよ」

「やってんじゃないの結局！　ああもう、ほんとあんたの感性疑うわ。信じらんない」

「ひどいなあ。誤解だよ。趣味でやってるわけじゃないんだから」

「じゃあなによ」

フレッドは大まじめに言った。

「親孝行さ」

「はあ？」

「あそこにあるドレスはみんな、お父上がきみのために作らせたものなんだ。会ったこともない娘《むすめ》のためにひっそり集めてるなんてかわいそうじゃないか。だからせめてもの慰《なぐさ》めになればと思って、同じ顔のぼくがきみのふりして着てあげてるのさ」

ミレーユは一瞬勢いをそがれたが、すぐさま不審《ふしん》な顔つきにもどる。一見まともなことを言っているようだが——。

「それってほんとにパパのためなの？　第一、それでパパは喜んでるわけ？」

「当たり前じゃないか。あまりにもかわいいんで画家を呼んで肖像画《しょうぞうが》を描《か》かせたくらいだよ。なにかというとドレスを作らせてぼくに着せて、満足そうに笑ってるしね」

「……なにしてんのよ二人して……」

倒錯《とうさく》的な親子だ。ミレーユは文句を言う気も失《う》せて、がっくりとうなだれた。

大人しくなった妹を、兄はすかさず飾《かざ》り立てていく。

「国中の貴婦人が集まるんだ。すごいよ、みんなド派手でさ。ま、一番かわいいのはきみだろうけど」

「遠まわしに自分をほめるの、やめてくれない？」

「こら、そんなぶすっとした顔しない。せっかくきれいにしたんだから、もっとにこやかに！」

唇《くちびる》に紅を引きながらたしなめる。ミレーユはすねたように黙《だま》りこんだ。

もちろん、きれいなドレスにもお化粧にも興味はある。けれどめかしこんだところで、見せたい人はそばにいないのだ。とても浮《う》かれる気にはなれなかった。

リヒャルトの特別任務はまだ終わりそうにないということだった。今はグリンヒルデを離《はな》れているという彼は、あの日以来一度も姿を見せない。ろくに口もきかないまま別れたことが、ミレーユはずっと心にひっかかっていた。

会って話がしたかったがそれももう叶《かな》いそうにない。婚約披露宴が終わったら、ミレーユはリゼランドに帰ることになっている。

「ベールをつけとこうか。知り合いに見つかってごたごたするの、いやだろ」

耳飾《みみかざ》りと首飾りをつけ終えて、髪に花の飾りを挿《さ》しながらフレッドが言う。ミレーユはただうなずいておいた。

「ほんとは既婚《きこん》のご婦人がするものだけど。案外、よけいな虫がつかなくていいかもね」

淡《あわ》い色のベールは、あごの先あたりまでを覆った。ふわりと目の前にかすみがかかったようになる。

「よし、完了《かんりょう》。完璧《かんぺき》だ。さすがぼくの妹。かわいすぎる」

「……ありがと。でも、自己陶酔《とうすい》もたいがいにしなさいね」

「なにをさっきからむくれてるんだよ。ほら、行こう」

楽しげに急《せ》かすフレッドに手をひかれて、ミレーユはしぶしぶ立ち上がった。


王宮に到着《とうちゃく》し先に来ていたエドゥアルトと落ち合うと、彼は娘の晴れ姿に感激の涙《なみだ》を流した。

「すばらしい！　なんて美しいんだ！　さすがは私とジュリアの娘だ！」

「そりゃぼくと同じ顔だし。化粧したのもドレスを見立てたのもぼくだし。美しくてあたりまえさ。ねえミレーユ？」

（この親子は……）

げんなりとするミレーユをよそに父と兄は大はしゃぎだ。

王太子の婚約《こんやく》を祝うための舞踏会は、すでに始まっていた。王宮の車宿りはおびただしい数の馬車でうめつくされ、大広間は着飾った貴族の男女であふれている。

シャンデリアの灯にきらめく室内は熱気がこもり、貴婦人たちの脂粉《しふん》の匂《にお》いと濃密《のうみつ》な花の香《かお》り、そして酒の臭《にお》いでむんむんとしていた。楽隊のかなでる軽快で優雅《ゆうが》な音楽を背景に、貴族たちは杯《さかずき》を片手にして笑いさざめいている。

その雰囲気《ふんいき》だけで、早くもミレーユは酔《よ》ってきた。

「フレッド……あたしやっぱりこういうのってだめ……」

「なに言ってるのさ。楽しいのはこれからなのに」

ひそひそと話すふたりを興味津々《きょうみしんしん》で人々は眺《なが》めている。視線に気づいてミレーユはぎくりとした。

「な、なんかすごい見られてない？」

「見慣れない婦人をぼくらが連れてるのがめずらしいんだろう。お父上はこういう席に女性を伴《ともな》ってきたことがないからね」

「へえ……」

ミレーユは傍《かたわ》らに立つ父に目をやった。邸にいるときは親ばかの涙もろい人だとしか思わなかったが、こういう場で見るとそれなりに端整《たんせい》で華《はな》やかな青年貴族に見えるからふしぎだ。さすがは元王子というところだろうか。

「ま、それでなくても注目を浴びるのはしかたないよ。国一番の貴公子がうるわしい美姫《びき》と一緒《いっしょ》なんだから」

「……どうしてそういうせりふを当然のような顔で言えるのか、いっぺんかち割って頭の中を見てみたいわね」

「ほんとだって。ほら、見てみなよ。みんながきみに見惚《みと》れてるじゃないか。我がアルテマリス貴族だけじゃなく、他国の特使の方々も」

いつものごとく聞き流していたミレーユは、フレッドが示す方向に目をやった。

「特使？」

「周辺各国からの招待客だよ。あそこにいるのはリゼランドの特使殿《どの》、ソランジェ伯爵《はくしゃく》だったかな。その隣《となり》がシュバイツ公国、一緒にいるのはコンフィールドの使者。後ろにいる黒髪《くろかみ》の紳《しん》士《し》は……シアランの特使だな」

「すごいわね。ぜんぶ覚えてるの？」

すらすらと名をあげるのに感心して言うと、特使たちを眺めていたフレッドは我に返ったようにこちらを見た。

「まあ、だいたいね。お国によって服装や顔立ちなんかも微妙《びみょう》にちがうから、それがわかってれば簡単だよ。――あれ」

視線を転じたフレッドが、おもしろいものでも見つけたように口端《こうたん》をあげた。

「王女殿下《でんか》の本日のご機嫌《きげん》は最悪みたいだ」

「え?」

つられてそちらを見たミレーユは、うぐぅっと喉《のど》にものを詰《つ》まらせたような声をあげた。

(こ、これは……殺気……!)

侍女《じじょ》たちにかしずかれたセシリア王女は、ミレーユを恐怖《きょうふ》のどん底におとしたあの形相でこちらをにらみつけていた。そのまなざしにはまごうことなき殺意が宿っている。ミレーユはがたがたとふるえながらフレッドにしがみついた。

「おっ、怒《おこ》ってる……怒ってるのよ、あんたが女連れだから……」

「そんな。ぼくが女性と一緒だってだけで殿下がいちいち怒っていらしたら、いまごろグリンヒルデは壊滅《かいめつ》してるよ。――ああ、そういえばご機嫌伺《きげんうかが》いがまだだっけ」

フレッドはおびえる妹に平然と提案した。

「挨拶《あいさつ》しとく?　腕《うで》でも組んで」

「やめて!!」

今度こそ殺される。可憐《かれん》な姫が地獄《じごく》の使者だったことで心に大きな痛手を負ったミレーユは、蒼白《そうはく》な顔でその案を却下《きゃっか》した。

そうこうしているうち、ひとりの貴族が近づいてきた。酒にそまった赤ら顔の、しまりのないにやけた中年男だ。

「ごきげんよう、ベルンハルト公爵《こうしゃく》。今宵《こよい》はおめずらしいですな。うつくしい花をお連れになっておられるとは」

エドゥアルトはキッとその男を見た。牽制《けんせい》するつもりか――と思いきや、すぐさま相手に負けずおとらずのしまらない顔つきに豹変《ひょうへん》する。

「よくぞ訊《き》いてくださいました、ロマール侯爵《こうしゃく》。なにをかくそうこの貴婦人は、私のむす――」

どん、と父を押しのけてフレッドが前に出る。

「遠縁《とおえん》の令嬢《れいじょう》でしてね。たまたまグリンヒルデに来ていたので」

「ほほう、遠縁の」

侯爵は好奇《こうき》心丸だしの顔で無遠慮《ぶえんりょ》にじろじろ見つめてくる。ベールの中を見透《みす》かそうとするかのようなその視線に、ミレーユは思わずフレッドの後ろにかくれた。

「もうしわけありません。ご覧のとおり、人並みはずれた恥《は》ずかしがりやでして」

フレッドが笑顔《えがお》で言うと、侯爵は残念そうな表情をしながらも会釈《えしゃく》をして去っていった。そしてさっそく他の貴族らに今仕入れた情報を提供している。

ちらりとそれを見やり、フレッドは声をひそめて父をたしなめた。

「お父上。ミレーユのことを言いふらしちゃだめだって言ったでしょうが」

「だって……自慢《じまん》したいんだよ……」

「気持ちはわかるけど、だめなものはだめ」

「なんでだめなの？」

しょんぼりとうなだれるエドゥアルトを横目でみながら訊《たず》ねると、フレッドは軽く肩《かた》をすくめた。

「こう見えてお父上もぼくも、それなりに重要人物なんだ。うちは三大公爵家のひとつで今上《きんじょう》陛下の弟っていう家系だし、役職にもついてるからね。そこにきみが公爵令嬢として表舞台《おもてぶたい》にあらわれたら、貴族のみなさんが飛びつくのは目に見えてる。我先にと子弟《してい》をちらつかせて縁《えん》続《つづ》きになろうとするに決まってるよ。そんな面倒《めんどう》ごとに、きみを巻き込みたくない」

「……ふうん……」

一応案じてくれているのだ。まじめな顔で言い切った兄をミレーユは少し見直した。

大広間の奥にある王太子夫妻の席の前には、祝いをのべる貴族たちの列ができている。三人はそちらへ歩いていった。

舞踏《ぶとう》会に招いてくれたのはリディエンヌだった。ミレーユも彼女にお祝いを言いたいと思っていたし、夫となるアルフレートにも興味があったので、実は会うのを内心楽しみにしていた。思えば、王太子殿下たるアルフレートとは一度も顔を合わせたことがなかったのだ。

エドゥアルトが挨拶をしている間、王太子のゆるしが出るまでなるべく下を向いていろというフレッドの指示どおり、ミレーユはベールの下でうつむきかげんに待っていた。その間もいやというほど四方から視線を感じて、少しも落ち着くひまがない。

「――見慣れない令嬢を連れていますね」

話の矛先《ほこさき》が自分にむいて、ミレーユはとたんに緊張《きんちょう》した。となりでフレッドがにこやかに紹《しょう》介《かい》する。

「リゼランドに住む遠縁の令嬢で、ミレーユといいます。たまたまこちらに遊びにきていたものですから、この機会にぜひとも殿下にお見知りおきいただきたく、連れてまいりました」

貴族らには言い渋《しぶ》ったくせに、今度は名前まで明かしてしまった。王太子が相手ならいいのかしらとひそかにいぶかしんでいると、鈴《すず》を転がすような声がした。

「ミレーユさま。本日はおいでいただきありがとうございます」

リディエンヌだ。ほっとしながら顔をあげたミレーユは、彼女と並んで王太子の席に座った人物を見あげ――そのままびしりと固まった。

「伯《はく》の遠縁か。かわいらしい令嬢だ。妃《きさき》とともども親しくさせていただきたいものだな」

「……ジ……っ」

「アルフレートだ。はじめまして、ミレーユ嬢《じょう》」

金の髪《かみ》に翠《みどり》の瞳《ひとみ》、華やかな王子の正装に身を包んだ青年は、名を呼んだ当人だけにわかる押し付けがましい言い回しで艶然《えんぜん》と微笑《びしょう》した。薔薇《ばら》の花がにあう美形の彼にまたしてもしてやられたことをミレーユは悟《さと》った。

（この……おおぼら吹《ふ》きがっっ!!）

みるみる頭に血がのぼるのをおもしろそうに眺《なが》めるその顔には、ジークと名乗っていたときと寸分違《すんぶんたが》わぬ人の悪さがありありと浮《う》かんでいる。

おそらく彼もすべてを知っていたのに違《ちが》いない。いや、首謀者《しゅぼうしゃ》と言ってもいいだろう。なにも知らずにおろおろしていた庶民《しょみん》の娘《むすめ》をからかって遊んでいたのだ。

わなわなと震《ふる》え出すミレーユのとなりで、フレッドがそつなく述べる。

「なにはともあれ、今日の良き日をお迎《むか》えになったことを、心よりお慶《よろこ》び申しあげます。両殿下」

「伯にはいろいろと面倒をかけたな。感謝している」

「おそれおおいお言葉です」

にっこり笑って、リディエンヌに目をむける。

「リディエンヌさま、どうぞお幸せに」

「ありがとうございます、ベルンハルト伯爵」

輝《かがや》くような笑顔、というのは、まさに今の彼女のためにあるのだろう。激怒《げきど》していたことも瞬時《しゅんじ》に忘れてしまうほど、それは幸せに満ちて美しい笑みだった。

同意を求めようとして、ミレーユはとなりの兄を見る。リディエンヌの笑みを受け止めたフレッドは、ほんの一瞬たじろいだような微妙な表情になったが、すぐさまいつもの隙《すき》のない笑顔に切《か》り替えた。

いつもへらへらしているくせに、今日の作り笑顔は下手くそだ。きっと他の誰も気づいていないだろうけど。

そう思ったら、なんだか抱《だ》きついてなぐさめてやりたくなった。

「――ほんとのほんとは、リディエンヌさまを好きだったんでしょ」

場を辞《じ》して人ごみに戻りながら、ミレーユはこっそりと訊いてみた。

「なにが?」

「とぼけないで。あたしにだけはほんとのこと言ってよ。でなきゃあんな手紙、いくら腹黒いあんたにだって書けやしないわ」

「腹黒いとは失礼な」

フレッドは給仕《きゅうじ》の盆《ぼん》からぶどう酒の杯《さかずき》をとり、口に運びながらふりかえる。

「……嘘《うそ》は書いてないよ、ひとつも」

「じゃ、やっぱり」

「だけどまあ、ぼくは他人のものに興味はないから。それに一番好きなのは自分だし」

あんな幸せそうな顔をした人を今さら追いかけるなんて面倒だ。そう笑いながらもう一度彼女のほうへ視線を走らせる兄に、やっぱり好きなんじゃないかとは重ねて言えなかった。

「せっかくだから、おいしいものでも食べておいでよ。ぼくはちょっと席をはずすから」

二杯目のぶどう酒を飲み干したフレッドに急にそう言われ、ミレーユはあわてた。

「えっ⁉　どこいくのよ」

「お父上と一緒《いっしょ》に陛下に呼ばれてるんだ。そのあとは妖精《ようせい》さんたちの相手もしなくちゃならないし」

「妖精？　どこに……じゃなくて、あたしひとりで？　この中にいろっていうの⁉」

「大丈夫《だいじょうぶ》だよ、すぐ戻ってくるから。心配なら隅《すみ》っこにひそんでるといい」

「ちょっと！」

止めるのもきかずに、フレッドは貴族たちと歓談《かんだん》していたエドゥアルトを連れ出して、さっさと人波のむこうに消えてしまった。

ベールの下で、ミレーユは途方《とほう》にくれた。こんなきらきらした場所にひとりぼっちで置き去りにされて、いったい何をどう楽しめというのだ。

うろたえつつも、とりあえず目立たない場所に避難《ひなん》しようと思ったとき、さっと脇《わき》から杯が差し出された。

「よろしかったらどうぞ。蜜《みつ》ぶどう酒です」

「あ……どうもありがとう」

思わず受け取ってしまい、そちらを見る。渡《わた》してくれたのはどう見ても給仕ではなく、どこその良家の子息らしい若い男だった。面識はないはずだが、いやに親しげに話しかけてくる。

「ベルンハルト公のゆかりの方だそうですね」

「え？　ええ、まあ」

「ああ失礼、私はザビーネ伯爵の次男でカルッセと申します。よろしければ、姫《ひめ》のお名前もお聞かせねがえませんか？」

(姫⁉)

いきなり飛び出した珍妙《ちんみょう》な単語に絶句していると、反対側から別の声が割って入った。

「姫は恥《は》ずかしがりやの慎《つつ》ましい方なのだ。いきなりそのような質問をするとは、不躾《ぶしつけ》な」

なんだか怒《おこ》っているが、こちらもまったく見覚えのない若者である。

「こわがることはありません。私は姫の味方です」

「はじめまして、姫。わたしはアノン男爵《だんしゃく》ニコラウスと――」

「ベールの下のお顔を見せてほしい、そう願う私は罪深き男でしょうか」

「姫にはご夫君がおありで？」

「ああどうか、わたしと一曲おどっていただきたい――」

機会をうかがっていたのかわらわらと人が集まってくる。ついひるんでしまったミレーユは逃《に》げおくれ、たちまち囲まれてしまった。

そのどれもがベールの下をのぞいてやろうと、いやらしくも隙のない目つきをしている。ミレーユはぞっとして身をすくめ、なんとか逃げ出せないかとあたふたと周囲を見回した。

そのときだった。

「――失礼。その令嬢《れいじょう》のエスコート役はここにおります。みなさまお気遣《きづか》いなく」

控《ひか》え目な、それでいてよく通る声がひびき、人垣《ひとがき》が割れた。

ゆっくり進み出てきた青年を、ミレーユは声もなく見つめた。グリンヒルデにいないはずの彼が、なぜ貴族の正装をしてこんなところにいるのだろう……？

「姫はベルンハルト公ゆかりの方だと聞いている。君には関係がないだろう、ラドフォード卿《きょう》」

鼻白む青年たちの非難めいた視線に、リヒャルトはおだやかな微笑で応じた。

「ええ、たしかに公爵閣下にお預かりしていただきました。私は所用ですこし遅《おく》れそうだったものですから」

そう言ってミレーユにまなざしをむける。

「ひとりにして申しわけありませんでしたね、姫」

「……いえ……」

ついつられて答えると、青年たちはやっと事情を察したのか、白けた顔で散っていった。

リヒャルトがベルンハルト公爵と親しいことは、宮廷《きゅうてい》の貴族なら誰もが知っている。知り合いの令嬢を預けていたというのは実にありえる話だと気づいたのだ。

人垣がなくなると、ミレーユは急《せ》きこんで身を乗り出した。

「なんで？　特別任務は？　グリンヒルデにはいないんじゃなかったの？」

「しっ。──外に出ましょう」

言われてはっと周囲を見ると、なにやらやたらと視線を集めている。遠くからだが確実にセシリアの殺気も感じる。

（なんでリヒャルトと一緒なのに、にらまれるの⁉）

ぶるりとふるえあがるミレーユのとなりで同じように周囲を見やっていたリヒャルトは、他国の特使たちまでもがこちらに注視していることに気づくと、ミレーユの背に手を回してうながしながら独り言のようにつぶやいた。

「……ここにいたんじゃ、あなたを独《ひと》り占《じ》めできない」

「えっ？」

わけがわからずにいるミレーユとそれを連れ出すリヒャルトは、貴族の青年たちのおもしろくなさそうな視線をあびながら、もつれるようにして大広間の外へでた。


広間のにぎわいとはうらはらに、廊下《ろうか》はひんやりと静まり返っていた。

大理石の床《ゆか》に敷《し》かれた紅《あか》い絨毯《じゆうたん》は、吹《ふ》き抜《ぬ》けになった広い階段を上へと続いている。それをたどるようにさっさと進むリヒャルトに、ミレーユは焦《じ》れたように同じ質問をくりかえした。

「ねえったら。どうしてこんなところにいるのよ。地方にいってたんでしょ?」

「いや、ずっとグリンヒルデにいましたよ」

意外な答えに、ミレーユは目を瞠《みは》る。

「うそ、だってフレッドが、リヒャルトは特別任務だからって……」

「通常どおり王宮に詰《つ》めてましたけど。——あなたのほうこそ、ヴァルトルムトの温泉で療養《りょうよう》してたんじゃ?」

「ヴァル……? どこよそれ? あたしはずっと別邸《べってい》にいたわよ」

「変だな。フレッドにそう聞いたんですが」

「なんでそんな嘘を……」

いぶかしげに言いかけたとき、急に足をとめたリヒャルトにつまずいてころびそうになった。

「……まずいな」

抱きとめてそのまま自分の後ろにかくすようにしながら、リヒャルトがつぶやく。なにごとかとその視線の先を追ったミレーユは、げっと叫びそうになった。

(ヴィルフリート王子!)

美々《びび》しい近衛をひきつれ、昂然《こうぜん》と胸をそらしてやってきた第二王子は、ふたりに気づいてけげんな顔をした。

「女連れとはめずらしいな、ラドフォード。いつも色気のない連中とばかりつるんでいるのに」

「はあ」

「……相手は人妻か」

後ろにかくれたミレーユをのぞきこんだヴィルフリートが意外そうな顔になる。ベールをかぶるのは主に既婚《きこん》女性の習慣だから彼が誤解したのも無理はない。

「驚《おどろ》いたな。まじめそうな顔をして、人妻に手を出すとは」

感心したように言うので、ミレーユはふきだしそうになった。が、

「……しかし、どこかで見たような顔だが……」

いぶかしげな視線を感じ、とたんに冷や汗がうかぶ。ばれませんようにと祈《いの》りながらそそくさとリヒャルトの背中に顔をうずめると、彼はあわてた素振《そぶ》りなどちらりとも見せず落ち着き払《はら》って口をひらいた。

「お察しのとおり、道ならぬ相手とのひそやかな逢瀬《おうせ》でございます。こうしている時間さえ惜《お》しく、人目につかないかと気が気ではありません。寛大《かんだい》なる王子殿下《でんか》、どうかこの場はご容赦《ようしゃ》を」

「ふむ……そこまで言うなら見逃《みのが》してやってもいいが」

「拝謝いたします、殿下」

しゃあしゃあと言ってのけると、一礼するなりミレーユの手を引いて走り出す。

背後でヴィルフリートが「まじめな男がのめりこむと怖《こわ》いんだがな」と深刻な調子でつぶや

いたのをきいて、とうとうミレーユはこらえきれず走りながら笑い出した。

階段をかけあがり、誰《だれ》もいない廊下からバルコニーに出たところで、ふたりはようやく足をとめた。ここにも篝火《かがりび》が焚《た》かれていて、ほんのりと明るい。大広間のちょうど真上なのか、音楽や笑いさざめく声が風にのって聞こえてくる。

広いバルコニーには他に人影《ひとかげ》はない。走ったのと笑ったので乱れた息をととのえながら、ミレーユは手すりにもたれた。

「ああびっくりした。まさかあんなところでヴィルフリートさまに会うなんてね。ていうか道ならぬ恋《こい》って、あんなこと言ってよかったの？」

「明日は王宮を歩けないかもしれないな」

さほど気にした様子もなく、リヒャルトは笑って前髪《まえがみ》をはらった。いつもの簡素な軍服ではなく貴族の正装をしているが、それが驚くほどはまっている。騎士《きし》というより、彼のほうこそ王子様という感じだ。

ほれぼれと見惚《みと》れていると、リヒャルトはいくらか表情をあらためて見つめ返してきた。

「もう、会えないかと思ってました」

「……うん。あたしも」

会えないまま別れてしまう。それだけが気がかりだった。会いたくてたまらなかった。

「怪我《けが》の治りがおそくて舞踏会《ぶとうかい》には出られないって、フレッドが言ってたから」

「ええ？　とっくに治ったわよ？　もともと頑丈《がんじょう》だし。なんでそんな嘘《うそ》を……っていうかあたしも、あなたは任務があるから舞踏会には出ないんだって、フレッドに聞いたんだけど」

　ふたりははたと見つめあった。

「……謀《はか》られましたね」

　淡々《たんたん》とリヒャルトがつぶやく。ミレーユは今日までの兄の嘘発言を思い返し、呆然《ぼうぜん》となった。すっかりフレッドの言葉を信じきっていたのだ。そのせいでさんざん切ない思いをしたというのに。あのバカ兄め、またしても騙《だま》しやがって……。

　ミレーユはすさんだ目つきでぶるぶると拳《こぶし》をふるわせたが、リヒャルトのほうは特に気を悪くした様子もなく、ミレーユの頭に視線をすべらせた。

「どうしてベールを？」

「これ？　フレッドがつけてくれたの。知り合いに見つかったときごたごたするのは嫌《いや》だろうからって」

「ああ、なるほど」

　納得《なっとく》したようにうなずくと、ふいに手をのばしてベールをつまむ。

「な、なに？」

「ここには誰もいないし……久々にあなたの顔を見たいから」

　ゆっくりとベールをめくりあげられ、ミレーユは思わず赤くなった。深い意味はないとわかっていても、そのせりふと仕草に動揺《どうよう》せずにはいられない。

「べ、べつに、フレッドと同じ顔なんだから、めずらしくともなんともないでしょっ」

リヒャルトは笑って、そのままなにも言わずにミレーユを見ていたが、ふと目をそらしてつぶやいた。

「……なんだか、変な感じだな」

「えっ⁉」

いきなりの否定にショックを受けつつ、ミレーユはあたふたと自分の恰好《かっこう》を見下ろした。うす薔薇《ばら》色《いろ》のきれいなドレスも、それにあわせた赤い石の耳飾《みみかざ》りや首飾りも、つけ毛のおかげで以前のように長くたらした髪《かみ》も、どれもすてきだと思うのだが、しょせん自分には似合わないのだろうか。やはりリンゴで底を上げてくるべきだったか？

「そうよね……似合わないわよね、こんなの……」

「ああ、いや。そうじゃなくて」

落ち込むミレーユに、リヒャルトはあわててつけ加える。

「その……目線がちがうから」

「目線？」

きょとんと見上げて、はじめて気がついた。フレッドの身代わりをしていたときは常に底の高い靴《くつ》をはいていたからか身長差はさほど感じなかったが、いまは頭ひとつ分はゆうにリヒャルトの方が高い。たしかに、変な感じだ。

いままでは意識していなかったのに、ただそれだけでリヒャルトがいつもより凛々《りり》しく見えて、妙《みょう》に気恥《きは》ずかしくなった。慣れないドレスなど着ているせいかいつものような威勢《いせい》が出ず、もじもじと目線をおとす。

「……今日の靴、踵《かかと》が低いし」

「……そうですね」

どうでもいいやりとりをして、ふたりは黙《だま》り込んだ。

夜風が階下の喧騒《けんそう》をかすかに運んでくる。明るい月の光に浮《う》かび上がった王宮の建物は、昼間とは違《ちが》い幻想《げんそう》的で美しい。篝火のはぜる音だけがふたりの間に落ちていた。

しばらくして先に口を開いたのはリヒャルトのほうだった。

「やっぱりそういう恰好のほうが似合いますね」

「え……そう?」

「きれいですよ。とても」

まっすぐな誉《ほ》め言葉に、ミレーユはみるみる真っ赤になる。男の人にきれいだなんて言われたのは生まれて初めてだ。父と兄の大安売り的なものとは重みがちがう。たとえ社交辞令だとしても嬉《うれ》しかった。

「ありがと……」

火照《ほて》る頬《ほお》をおさえながらもごもごと礼を言う。彼に会ったら話したいことがたくさんあったのに、うまく言葉になって出てこない。それがもどかしくて仕方がなかった。

リヒャルトとゆっくり話せるのは、おそらく今夜が最後だ。いや、もしかしたらこれきり会うこともないかもしれない。言うべきことはぜんぶ言っておきたい。

「あ、あのっ、リヒャルト、──いろいろごめんね」

おずおずと切り出すと、彼はふしぎそうな顔で軽く首をかしげた。

「パパのお城で会ったとき、殴《なぐ》っちゃったこと。あやまってなかったわよね」

「ああ……。そんなこともありましたね」

なつかしそうに笑って、リヒャルトは肩《かた》をすくめる。

「いいですよ。あれは殴られてもしょうがない」

「いっぱい八つ当たりもしたし」

「それもしょうがないでしょう」

「それから……いつも守ってくれて、ありがとう」

ミレーユはぺこりと頭をさげた。

相槌《あいづち》を打っていたリヒャルトの顔からふと微笑《びしょう》が消える。しかしそれには気づかず、ミレーユはあることを思い出して顔をあげた。

「あ、そうだ。ずっと気になってたんだけど。ルーヴェルンの話」

とたんにリヒャルトは、まずいという顔をした。すかさずミレーユはたたみかける。

「その名が出ると妙にあわてるわよね。やっぱり何かあるんでしょ」

「…………」

「おしえて。最後だからいいでしょ」

詰《つ》め寄《よ》ると、リヒャルトはかなりしぶしぶ口をひらいた。

「……ルーヴェルンというのは、グリンヒルデにある……その…………娼館《しょうかん》のことで」

「しょ――」

絶句するミレーユとともに、なごやかだった雰囲気《ふんいき》は瞬時《しゅんじ》に凍《こお》りついた。

「そこの娘《むすめ》から手紙をもらったのを、ジークたちがあやってからかって……」

「ふーん……。そういうとこ行くんだ……」

冷たい声と視線に、リヒャルトはあわてて首を振《ふ》った。

「いや、ちがう、誤解です！　道端《みちばた》で足をくじいて困ってたから、手を貸しただけですよ。それがたまたまルーヴェルンの娘で……。手紙というのもただのお礼なのに、勝手に周りが誤解して」

「へーえぇ。それで女殺し……」

「いや、だからその呼び名は……」

やめてくれませんかと、弱りきったようにくしゃりと髪をかきあげる。

ミレーユはちらりと上目で見やり、初めて見る彼の表情がなんだかかわいく思えてついふき出した。こんな顔をすることもあるのかとなんだか無性《むしょう》にうれしいような楽しいような気がして、くすくす笑うのをとめられなかった。

「わかった。信じてあげる」

リヒャルトはばつが悪そうな顔でそっぽをむいている。そんなすねたような顔もめずらしいと思ったとき、ふいに彼がミレーユの手をとった。つい今までの表情と打って変わって、どことなく人の悪い微笑がふってくる。

「誤解がとけたのなら、今度は俺のお願いをきいてもらいましょうか」

「な、なに？」

「一曲お相手を」

「へっ⁉」

驚《おどろ》いて声が裏返るのにもかまわず、リヒャルトはうやうやしく手の甲《こう》にくちづけると、有無を言わさずミレーユの腰《こし》に手をまわして抱《だ》き寄せた。

いつになく強引《ごういん》な態度とその結果の密着状態に、ミレーユはいたく動転した。冷めたはずの頬にまたもや熱が一気にのぼる。

「うわ、ちょっと待ってっ！」

「舞踏《ぶとう》会にきたのなら、踊《おど》っておかないと。ちょうど音楽も変わったことだし」

「むっ、無理！　あたし、踊れないっ」

「大丈夫《だいじょうぶ》。適当に動いてればいいから」

——気楽に言いますけどね、問題はそんなことじゃないのよ、この距離感《きょりかん》よ、近すぎるのよ!!

心の中で絶叫《ぜっきょう》しながら、ミレーユはなさけない表情をうかべて見上げる。相手が軽く眉《まゆ》をあげて笑ったのを見て、口をとがらせた。

「もしかして、仕返し？」

「さあ。どうかな」

「……けっこう意地悪ね」

恨《うら》みがましく言うと、素知らぬ顔ではぐらかしていた彼はおかしそうに笑った。

ダンスは散々だった。何度も足をふみつけては、そのたびにきゃーきゃーと取り乱すので情緒《じょうちょ》も何もあったものではない。けれどそれでも楽しくて、時間が経《た》つのを忘れるほどだった。

笑うのと話すのと踊るのとで息があがりはじめたころ、ステップをふみながらリヒャルトは急に話を変えた。

「怪我《けが》のほうはもう、大丈夫ですか」

「え？　うん、平気よ」

すこし硬《かた》くなった表情に戸惑《とまど》いながらも、ミレーユはうなずく。そして、はたと思い出した。

（そういえば、リヒャルトはあたしが怪我したことで自分を責めてるって、フレッドが言ってたっけ。まだ気にしてたんだ……）

責任感の強い人だ。だがあれはべつに彼のせいではないのだし、あまり気にされるのも申しわけない。

「えーと、ね。あれくらいの怪我、気にすることないのよ。なめときゃ治るわ。あたし昔から肩は強いのよ。立派なパン職人になるためにきたえてきたから」

しどろもどろなせいか、リヒャルトの表情は冴《さ》えないままだ。ミレーユはあわてて言い募《つの》る。

「ほんとに大丈夫《だいじょうぶ》だってば！　大した傷じゃなかったし、慣れてるもの。あっ、でもリヒャルトが来てくれたからあんなもんで済んだのよね。あの熊《くま》男、あたしの鉄拳《てっけん》も蹴《け》りも効かなくて、むかつくったら……いや、あたしの修業が足りなかっただけかもしれないけど、でも……ええっと……」

あせるあまり話が別の方向へそれてしまった。なんの話をしてたんだっけ、とうろたえたとき、頬にふれる指に気がついた。

「あ、ほっぺの傷も、もう治ったから――」

言い終わる前に、言葉はとぎれた。

思ったよりも近くに鳶色《とびいろ》の瞳《ひとみ》があった。その中に見知らぬ少女が映っている。

――いや、あれは。

（そうだ……。あれってあたしなんだっけ）

今さらのようにミレーユは瞳の中の自分をのぞきこんだ。きれいにお化粧《けしょう》をして、あざやかな装飾品《そうしょくひん》を身につけて。我ながらまるで別人のようで、ふしぎな感じがする。

いつのまにか、どちらからともなく足は止まっていた。遠くに音楽と喧騒《けんそう》を聞きながら、ふたりはただ黙《だま》って見つめあった。

ダンスのせいで乱れかかったベールをはずし、リヒャルトはそっと身をかがめる。視界がかげり、まぶたのあたりに息がかかるのを、ミレーユは夢の中にいるような気分で感じていた。

そのときだった。突然《とつぜん》、ドォンという重く低い音がとどろいて、あたりが一瞬《いっしゅん》真昼のように明るく照らされた。

はじかれたようにそちらを見たミレーユの目に飛び込んできたのは、夜空に次々に咲《さ》く大輪の花たち。

「わぁ……」

花火だ。今宵《こよい》の舞踏会の催《もよお》しのひとつなのだろう。リゼランドでも王室にお祝い事があったときには同じように花火があがったものだ。

ミレーユはその見事な規模と色彩《しきさい》にくぎづけになった。たちまち直前までの状況《じょうきょう》など忘れ去り、はずんだ声ではしゃぎだす。

「すごーい！　きれい！　こんな近くで見たのはじめてー！」

「…………」

一方、最後の距離《きょり》を縮める寸前で肩透《かたす》かしをくらったリヒャルトは、とっさに頭を切り替《か》えることができるはずもなく、その体勢のまま固まっていた。

こうまで見事に寸止めされるとさすがにやさぐれたくなったが、頬《ほお》を上気させて花火に見入るミレーユの横顔を見ると、まあこれも悪くないかなと思えてくる。

その表情を間近で独《ひと》り占《じ》めできるだけでも、良しとするか——と。

少し笑って、同じように夜空を見上げる。

抱き寄せた腕《うで》を解かなかったことだけが、せめてもの彼の意地といえた。

「——ったく、なにやってんだか……」

物陰《ものかげ》からこっそりバルコニーをのぞいていたフレッドは、もどかしげに舌打ちした。

「どうしてそこで諦《あきら》めるかなぁ。ぐっと抱きしめてキスしちゃえばいいんだよ。花火なんかより俺を見ろ！　とか男らしいせりふを吐《は》いてさあ」

すれちがう若いふたりの恋心《こいごころ》をあの手この手で盛り上げて、最高の再会を演出してやったというのに。これでは今までの努力が台無しだ。

まったくやってらんないよとぶつぶつこぼす後ろでは、涙目《なみだめ》のエドゥアルトがほっと安堵《あんど》の息をついていた。

「あぶなかった……。ああよかった。後で花火技師に褒賞《ほうしょう》をやらないと。——ねえフレッド、これでいいんだよ。ミレーユには恋人なんてまだ早すぎる」

「なに言ってるのさお父上。あの子はもう十六だよ。この歳まで恋人のひとりもいないなんて、かわいそうで見てられないよ。第一、ぼくと同じ顔なのにまったくもてないっていうのが信じられない。神への冒瀆《ぼうとく》だ。ゆるせないよ」

本人に聞かれたら張《は》り倒されそうなことを大まじめに言って、フレッドは腕を組む。

「あのふたりはどっちも天然だし、肝心《かんじん》なところでにぶいからね。周りがお膳立《ぜんだ》てしてやらなきゃ百年たっても何も進展しないに決まってる」

「進展なんかせずに一生うちにいてくれて構わないんだがねえ、私は」

「だめだめ。これは兄の使命なんだ」

きっぱりと言ってフレッドは考えこむ。仲良く寄り添《そ》って花火を見ているふたりの後ろ姿をじっと眺《なが》めていたが、やがてにやりと口端《こうたん》をつりあげた。

「しょうがないな……。ほんとに世話がやける子たちだよ」


シジスモンの午後は、おだやかに過ぎていった。

春は過ぎ、若葉のまぶしい初夏である。先日まで滞在《たいざい》していたグリンヒルデはまだようやく春に染まりはじめたばかりだったのに、時のたつのは早いものだ。

グリンヒルデから戻《もど》ってきて、そろそろ一ヶ月が経《た》とうとしていた。今日もミレーユは以前と同じく、店先に腰《こし》かけて番をしている。

突然の外出と長の留守を、母は別段なにもとがめなかった。祖父から事情を聞いていたらしい。しかし無残な短髪《たんぱつ》になって戻ってきた娘《むすめ》をみるとさすがに殺気立ち、送ってきたエドゥアルトはさんざんにしぼられていた。さぞ落ち込んでいるだろうと後でなぐさめに行ってみたところ、数年ぶりにジュリアが口をきいてくれたとえらく感激していたのでそのままにしておいた。

そのエドゥアルトがしぶしぶベルンハルトへ帰ってしまうと、何事もなかったかのような日々が戻ってきた。本当に拍子抜《ひょうしぬ》けするくらいに、あっさりと。

スカーフで隠《かく》した、短くなった髪《かみ》。変わったのはそれぐらいだ。今こうして店先の椅子《いす》に座り、ぼんやりと頬杖《ほおづえ》をついていると、グリンヒルデでの毎日が夢だったのではないかと思えてくる。

(――ほんとに、夢だったのかも)

男の恰好《かっこう》をするのも、貴族の息子《むすこ》として王宮へあがるのも、陰謀《いんぼう》に巻き込まれて危ない目にあうのも、夢の世界でなければ味わうことのない経験だ。

そして——すてきな騎士《きし》と、ダンスを踊《おど》るのも。

リヒャルトに会ったのは、あの舞踏《ぶとう》会の夜が最後だった。あれきり、きっともう会うことなんてないのだろう。

ふいに響《ひび》いたベルの音でミレーユは現実に引き戻された。

見ると、扉《とびら》を開けて、郵便屋のおじさんが入ってくるところだった。

「やあミレーユ。調子はどうだい？」

「ありがとう、上々よ。手紙？」

「きみ宛《あ》てだよ。アルテマリスから」

「えっ」

渡《わた》された封筒《ふうとう》を裏返してみると見慣れたフレッドのサインがしてある。

おじさんが出て行くのを見届けて、ミレーユはせかせかと封《ふう》を切った。

『親愛なる妹へ

やあ、ミレーユ。元気かい？

このあいだは散々なことに巻き込んでしまって、すまなかったね。少しは落ち着いたかな？

ところでミレーユ。ここできみにひとつお知らせがあります。

兄は今から、傷心旅行に出ることにしました。

きみも知ってのとおり、兄は命をかけた恋《こい》にやぶれ、聞きたくもないのろけ話を強制的に聞かされるという、まことにかわいそうな毎日を送っています。

こんな生活もう耐《た》えられない。ここはひとつ大海原《おおうなばら》へ出て、水平線にしずむ太陽にたそがれてこようと思う。

つきましては、ぼくがいなくなるのは困るので、きみ、もう一回グリンヒルデに来て身代わりをやってください。

もちろん断ったりなんてしないよね。きみは誰《だれ》よりぼくの気持ちをわかってくれてるはずだもんね。

そう長く留守にするつもりはないから、ご心配なく。同じ顔の妹がいるとなにかと便利だなあと、兄はほくほく喜んでいます。

それでは、留守中くれぐれもよろしく。この手紙がつくころに迎《むか》えの人間がやってくると思うから。

きみの永遠の兄　フレデリックより

追伸《ついしん》

おみやげは東洋の大亀《おおがめ》の甲羅《こうら》を買うつもりです。貧乳に効くそうなので、お楽しみに。

さらに追伸

リヒャルトといちゃつくのは控《ひか》え目にね。一応ぼくの身代わりなんだし、妙《みょう》な噂《うわさ》がたっても困るからさ』

「……な……」

他にもいろいろ言いたいことはあったが、とりあえず乙女心《おとめごころ》を深くえぐった事項《じこう》についてミレーユはさけんだ。

「なによ貧乳ってえぇっっ!!」

それからぐったりと商品棚《だな》につっぷした。

(なんなの……なんなのよこのふざけた手紙は……っっ)

巻き込んですまなかったと、その舌の根も乾《かわ》かぬうちに、もう一回身代わりをやれという。どういう神経をしているのだ。そして太陽にたそがれるという行為《こうい》になんの意味があるというのか。

(あのバカ、ほんと懲《こ》りないわね。毎回毎回アホな手紙送りつけてきて……)

リディエンヌに失恋《しつれん》したことは同情するし、くだらない文面は本心を隠しているだけなのかもしれないとは思う。――けれど。

まず間違《まちが》いない。十中八九、これはひまつぶしに書かれたものだ。長いつきあいの双子《ふたご》の妹をなめてもらってはこまる。

ミレーユはぽいと手紙を投げ捨てると、なんとなく入り口の扉に目をやった。

(そりゃあね……嫌《いや》な思いもいっぱいしたし、こわい目にもあったけど)

正直なところ、あの日々が楽しくなかったと言ったら嘘《うそ》になる。くやしいけれど――ちょっぴり懐《なつ》かしくさえ、ある。

でももう、戻ることはない場所だ。もともとが別世界のお話だったのだ。

(あたしにはもう関係ないのよ。永遠に……)

カランコロン――と入り口のベルが鳴った。

扉を見つめていた目が大きく見開かれる。ミレーユは椅子を蹴倒《けたお》して立ち上がり、そのまま棒立ちになった。

長身の青年は、あの日と同じように、少し身をかがめるようにしながら入ってきた。

今はもう見知らぬ他人ではなくなった彼は、呆《ほう》けたように突《つ》っ立っているミレーユにどこか申しわけなさそうに微笑《ほほえ》んで、言った。

「すみません。上官命令でお迎えにきました。――ひきつづき護衛をしろということで」

「…………」


身代わり伯爵《はくしゃく》の冒険《ぼうけん》は、まだ終わりそうにない。

あとがき

はじめまして。清家未森と申します。

まさか自作の小説のあとがきを綴《つづ》る日がくるとは……。締《し》め切り当日の夕方に半泣きで原稿《げんこう》をプリントアウトしていた自分は想像もしていませんでした。人生とはわからないものだと今しみじみ思います。

では、あらためまして、紹介《しょうかい》などを——。

本作は第四回角川ビーンズ小説大賞で読者賞をいただいた作品を加筆改稿したものです。漢字大好きな私がはじめて書いた西洋風世界の物語であります。それまで暗い話ばかり書いていたので、テーマは「とにかく明るく楽しく」。ファンタジー的世界観などはろくに考えもせず（汗）、『元気で騒々《そうぞう》しい女の子』と『胡散臭《うさんくさ》いくらいさわやかな王子様的ヒーロー』を主役にベッタベタなラブコメを目指し、勢いのまま書き終えたところで、はたと気づきました。

「あ……。題名に『冒険《ぼうけん》』なんてつけたわりに、大して冒険してないな……」

心躍《おど》る大活劇ものだと勘違《かんちが》いして手にとられた方がいたらどうしようと、ちょっと後ろめたく思っています……。

あまりそのあたり突《つ》っ込まず気楽に読んでいただければ——兄をはじめ周囲の人々に振《ふ》り回され、いじられ倒《たお》してツッコミを入れつつ、恋《こい》のほうもちょっぴり芽生えたりしながら（芽生えているのか？）騒動に巻き込まれるミレーユと、一緒《いっしょ》に楽しんでいただけたらなと思います。

最後になりましたが、審査《しんさ》員の先生方、読者審査員の皆様《みなさま》、編集部の皆様、そして選考及《およ》び出版に携《たずさ》わってくださったすべての方々にあらためて御礼《おれい》申しあげます。

また、挿絵《さしえ》を描《えが》いてくださった、ねぎしきょうこ様。素晴《すば》らしすぎるイラストの数々に、どれだけ励《はげ》まされたかわかりません。ありがとうございました。

担当様。手取り足取りのご指導で、なんとかここまでくることができました。これからもよろしくお願いしますね。

そして、この本を手にとってくださった読者の皆様方。ほんの少しでも楽しんでいただけたら、書き手にとってこの上ない幸せです。ご意見ご感想などいただけるとなお嬉《うれ》しいなあと、贅沢《ぜいたく》なことを思っております。

それではまた、お目にかかれる日がくることを願って。

清家未森

BEANS BUNKO

「身代わり伯爵の冒険」の感想をお寄せください。
おたよりのあて先
〒102-8078 東京都千代田区富士見2-13-3
角川書店ビーンズ文庫編集部気付
「清家未森」先生・「ねぎしきょうこ」先生
また、編集部へのご意見ご希望は、同じ住所で「ビーンズ文庫編集部」
までお寄せください。

身代《みが》わり伯爵《はくしゃく》の冒険《ぼうけん》

清家未森《せいけみもり》

角川ビーンズ文庫 BB64-1 14602

平成19年3月1日 初版発行

発行者———井上伸一郎
発行所———株式会社角川書店
東京都千代田区富士見2-13-3
電話/編集(03)3238-8506
〒102-8078
発売元———株式会社角川グループパブリッシング
東京都千代田区富士見2-13-3
電話/営業(03)3238-8521
〒102-8177
http://www.kadokawa.co.jp
印刷所———暁印刷 製本所———BBC
装幀者———micro fish

ISBN978-4-04-452401-2 C0193 定価はカバーに明記してあります。